千里远景，如存尺寸之间。

阅读

黄梵

著

中国工人出版社

障碍

目录

凹痕 1

方向正北 21

费马的灵感 41

七毛 49

女校先生 59

玻璃的刺痛 75

凶案写意 101

梁彭别传 119

十七岁的愚人节 133

良民 161

自我教育 187

修寇的心愿 195

马皮 207

金国的指南针 229

枪支也有愿望 251

阅读障碍 271

后记 295

凹

痕

一

马荣在一个哈欠后面看见他白发苍苍的脑袋，从楼梯口一抖一抖地升起来，他的身体刚探出了一半，好像阁楼的空间已经满了，他要全部填进来，那么一定得有什么东西溢出去。此刻阁楼的重心已向楼梯方向嘎嘎偏移，马荣的脚趾受到了地板的轻微震动。

在来客的视线里，阁楼主人飞快地扫了他一眼，然后示意他坐下。

这是一通典型的男女叙旧电话，两片翕动的嘴唇间呼出看不见的热气，笼着蜂巢的话筒，在壳面冷凝成细密的水珠。话筒继续从右手换到左手上，然后又换回去。马荣无意中的第四个哈欠,使通话的另一方万分警觉。当女方不再说什么,闲谈便成了无米之炊,马荣的没话找话只能使谈话结束得更快。

撂下电话,马荣感觉整个夜晚和清晨积攒起来的一点新鲜空气,已经被他臃肿的身体挤了出去。他的咳嗽肆无忌惮,裹挟着因牙缝搁浅的食垢引起的口臭,它的喷发还选择无礼的方向,一般是对面的正下方,臀部以下脚趾以上。马荣不得不从沙发跟前抽回双腿,身体尽量往后靠,但从医学上讲仍逃不出它"浇灌"的范围。

也许马荣有意识的动作使他觉出了厌恶,他开始强忍着咳嗽的欲望,脸上的肌肉不时掠过一丝不自然的抽搐。为了使这次见面显得更加正式,他穿了一身干净的灰色中山装,连衣领也扣得直绷绷的。望着马荣时,脸上堆起老年的充满细枝末节的笑容,露出带一层齿垢的整齐的黄牙。马荣猜不透他穿中山装的意图,也许是为了在别人眼里给他的商业谈判注入政治的信任度。毛涤的面料是以前那个时代的稀罕之物,虽然不多的几道衣褶中布满无数细微的洗涤的痕迹,但它仍散发出那个时代的庄严和铁面无私。

这样一幅画面实在有点不对劲,虚胖的身体压缩在挺拔的充满政治意味的装束里,脸上的表情又缺乏与之相应的宗教感。

看上去他的头发比他的年龄还要衰老二十岁。

二

其间又有一个电话打进来，对方急促呼吸的声音都能听得见。她不停地问，兰园商场吗？……是兰园商场吗？又一个拨错号的人，今天已经是第五个了。错了！马荣大声地回答。谁知对方听见线路另一头的声音，倒越发起劲了。李国民在吗？……喂……李国民在吗？说话声由于更加急促，开始轻微地颤抖起来，声音似要极力地浮出水面抓住哪怕一根稻草。……错了！马荣再次大声地强调，觉出了自己铁器一样冷漠的声音。对方倒不理会马荣说了些什么，更令人恐怖的是她开始说故事了……八月他从我们这儿赊了一批货，答应……你——打——错——了！马荣一字一顿，几乎要把牙齿一个一个地吐出来。电话那头的声音，像汽车历经一个急刹车，恢复了理智。似乎她接受不了这样的事实，他留的……是这个电话呀。这是绝望和希望参半的声音，像嫩枝打向水面又被浪头轻轻折断。那他是个骗子！马荣十分肯定地说。但心肠随之软了下来，语气缓和了许多。

要不你让公安帮你查一查?他极力想挽回刚才的强硬态度。

电话里一片沉默。良久,轻微的啜泣声像墨汁在宣纸上慢慢洇开。这是一个二十几岁女孩子的哭声,关于她的一切马荣已想从哭声中去了解。马荣意识到她遇到了一个老手,仅凭三寸不烂之舌就赊走了她的货。他的建议未能超出常识,所以不会使她的绝望有所缓解。马荣像个理屈词穷的孩子,脑海里一片空白,无法提供给她常识以外的任何帮助,喂……他还想徒劳地说些什么,但听筒里传来了"嘟嘟嘟"有节奏的忙音,大概她意识到在电话中对着一个陌生人流泪该是多么徒劳,所以把电话挂了。

三

他的皮包与马荣手中的电话几乎同时落在桌面上。皮包是人造革的那种,上面有手指留下的水雾状的汗迹,遮住了那部分皮面的光亮。他的眼睛从未离开过马荣的一举一动,脸上仍是一堆笑。打了这么久的电话,马荣开始感觉欠他点什么,便关切地问:"你热吗?要不我把空调打开?""不用……不用。"他连忙阻止道。他抬起那只搁在膝盖已渗出细汗的右手，不停从皮包里掏出颜色各异的窄长纸板，上面烫满了金字，纸板在他手中转动着，在一个特定的角度，马荣看到了金字那亮灿灿的反光，来人好像很满意这些反光进入了马荣的眼睛，他的手就此打住。

"质量不错吧？！"一种常见的商业语气，带点炫耀和心虚的询问，只有行家里手才能听出那里面的心虚。

"还行，只是金字压得不实，好像压力不够。"

"我的机子压力要多大就有多大！"

"字中有空洞，是掉粉引起的，字还有毛边。"

"你放心，我加道工序，用药水一推毛边就没了。"

"药水？"

"药水推过去时，凸出的毛边就融掉了。"

"万一药水掉进凹槽，那金字不也完了？"

"你放心，绝对不会！"

他连着两个"你放心"，倒让马荣更担心了。楼下不断有人喊马荣，他不停从阁楼的玻璃拉窗把头探到大厅里。都是些鸡毛蒜皮的小事，某个客户游手好闲路过这里，也要喊一下，或楼下某个客户要求批发价，或收环卫费、保安费什么的，楼下问给不给。磨蹭不给又有什么用呢，马荣点点头，然后缩回身子。来人的意图已经十分明显，他想把所有的样品都丢下，甚至希望马荣枕着它们睡觉。但马荣敢给他做吗？当然不敢。马荣想象得出那会是什么结果，至少比这些样品要可怕十倍。

"这样吧，你把电话号码留给我，有活儿了就跟你联系。"鉴于他的年龄，马荣不想使他当场失望，你也可以说这是计谋或百炼成钢的谎话，反正马荣说这话时感觉身体已经调整到了对付人的状态。

他下楼的时候，马荣满怀歉意地站起身来，"那么……再联系"。马荣用声音把他送下楼去。马荣担心如果站在楼梯口，他会一步一回头地说："留步，留步……"然后一个跟头栽下楼梯。这个榉木楼梯与地面成70度角，对年龄大的人来说，并不比登山更安全。报告打上去几个月了，也不见上头有丝毫同意改造的意思。好在马荣距离那种年龄还有三十年，每天爬上爬下权当儿戏。

四

马荣像只老谋深算的猫，每天蛰伏在阁楼里，孤独、无奈，时常不发一言，对楼下的动静充满猜疑。

眼睛盯着一米见方的玻璃拉窗，全然一副捕食的模样，那里大厅的一切可以尽收眼底。

大部分的时间，他只需静静地看。看，能及时地发现问题，或由此延伸出去想到一个策略。那就有了一副上帝的嘴脸，这样下去，事情还能好到哪儿去呢？楼下的大嫂们开始怕他，敬而远之，然后手起刀落，西瓜切出来总是少他一份。再后来，无论大事小事都通过拉窗传递进来，那几个负责管理的大嫂，都避免爬这个楼梯。马荣从侧面听到了风声，说它有不吉利的九个梯级，"九"使它邪气十足。倘若在上面摔一跤，伤倒在其次，万一某些值得迷信的数字和这"九"串通一气，倒要把她们折腾到食不香睡不着的境地。几乎每天都有要供奉的一两个从皇历、星相或麻衣相术书中找来的数字。好在她们都有一副底气十足的嗓子，无论大事小事，总是在第一声之后马荣的头就探了出来。

时间一长，看也看出了乐趣，大厅里总有几道惹人的风景，尤其夏天，那些正在低头选书的女人的乳沟完全暴露在眼前，碰上衣领和乳罩宽松的，几乎能看见整个乳房。拉窗有着强烈的反光，所以从外面大厅根本看不见里面的一举一动，这就更像一个色情场所了。这方面于海向来比马荣有天赋，他第一次来玩，就发现了这个秘密，他趴在拉窗上嚷着："老兄，你这里的风景不赖呀！"马荣知道他指的是什么，他俩心领神会。后来于海就成了马荣这儿的常客。暑热降临以后，阁楼的空调和大厅里的女人完全把他迷住了。和马荣说话也是一副心不在焉的样子，有一句没一句的，任凭内容在几个话题之间跳来跳去，全然是女人谈话的方式，眼睛望着大厅，眼珠像追光灯一样跟踪着。马荣除了接一些电话，偶尔打开拉窗外（在夏天这种情况已经很少，批发生意惨淡，连收费者也懒得上门），大部分的时间，他把头在椅背上放平，也望着拉窗出神，但视线悬宕越过那几道惹人的风景，戳入橱窗外面的车水马龙。马荣不愿在熟人面前，对女人的身体表现得过分热心。

现在天气已经转凉，女人的肩上有了更多的遮挡，于海再来，更多是为了和马荣聊天。一天下午他爬上阁楼时，马荣发现他屁股后面多出一人。他有点不好意思地说："一个朋友，想和你谈谈生意。"于海知道马荣向来不和朋友谈生意，谁又想让金钱的铜臭把友谊熏黑呢？一旦把友谊和金钱搅和在一块，那本来是友谊的地方你也只能看到金钱。那天马荣虽不大高兴，但还是买了于海的面子，和他的朋友谈妥了一切，先赊一点货一个月之内他的朋友来付款。临走时,他的朋友又补充了一句:"我还有个朋友,搞烫金的,也想来和你谈一谈。"马荣望着于海,感觉自己的表情分明在说:"瞧,你干的好事!"这种时候于海像做错了事的孩子,满怀歉意地笑着,挠头,不知如何是好。为了使大家不这么僵着,马荣点点头说:"让他来吧。"这就有了小说开头那个满头白发的人爬上阁楼的场面。

五

几天以后,马荣破天荒地从拉窗后面发现,大厅里走进来一位挺面熟的女孩。噢,想起来了,是斜斜,跟他们一帮学写过诗,已经有几年不见了。她还是那副老样子,一头飘逸的直发,好像永远长不大,一身素色的打扮,但掩饰不住优美的身段。她给人的感觉,是她对自己的魅力全然不知,大概这正是她的魅力所在吧。马荣破天荒地走下楼梯,然后笑眯眯地走到跟前,不吭声,等她的反应。她警觉地抬起头,"哎呀——是你!"她的声音把楼下的大嫂们吓了一跳,这才发现马荣已经下楼来。

"怎么……你也来买书?"她继续追问道。

"我在这儿上班。"

"真的?"见她一副挺吃惊的样子,马荣抵近她的耳朵悄悄说(生怕大嫂们会听见):"我是这儿负责的。"

"真的——?"她更吃惊了。

"你在哪儿办公?"她环顾四周,感觉哪儿也不像。马荣指指阁楼上的那扇拉窗,但不打算带她上去坐。那上面太像个谈情说爱的场所,他怕她会误解自己的意思,所以宁可站在厅里说话。

"那我以后买书能打折了吧?"她有些调皮地问道。

"当然,按批发价。"马荣甚至为自己的一点权利扬扬自得。

"真的?"她说这两个字时眉头微微上翘,眼睛显得更有魅力了。

"马荣——又有人找!"

谈话刚刚开始,大嫂们的喊声又插进来。

马荣习惯地在第一声之后就掉过头去,看见一个白发苍苍的人,满脸笑容,老远就把双手抬到腰间迎过来。是他?这才几天,马荣当然记得。右手本能地伸出去,想蜻蜓点水,和他握一下,反倒被他的双手捉住不放了。马荣有些尴尬,向来害怕男人的手在一起,握这么长的时间。"呃……活儿还要等一等……我会跟你联系的……"马荣不知该怎样用语言平复他的热情。

"误会，误会，我今天来是另有一事相求，也非常的过意不去，第一次打交道就来麻烦你，实在抱歉！"马荣一时摸不着头脑，但余光里斜斜已经站到马荣的侧面。他继续说，"我和一位朋友还想和你做一笔图书方面的大生意呢。"原来是这事，马荣松了口气，说："那你们来吧。"心里却另有打算，他时刻不忘行家里手的告诫：不见鬼子不挂弦。意思是不见钱不发货。

来人似乎言犹未尽，好像肚里还掖着什么，想要找人一吐为快。马荣打定主意，再听他说一段，只是，借挠头之机把右手抽了回来。手背上新添的几道白色划痕，是来人手掌的茧皮所为。

"事情是这样，今天我们给一个单位送货，在前面的十字路口，我们的货车与一辆桑塔纳相撞，把人家的车门撞瘪了。交警没收了证件，还要我们赔人家1500元。我弟弟有一位朋友在这附近的交警中队工作，但现在找不着人，凑来凑去几个人身上一共只有1000元，现在还僵在那儿。迫于无奈，才想到你这里。"

绕了一圈原来是借钱，此前闻所未闻，这种事以前只限于好友之间。只凭一面之交来借钱,倒真要勇气。马荣感到非常为难,这是久经沙场的一种防范的本能。但事情又明摆在这里,他像给马荣出了一道人情考题,这件事又无法从商业的角度去考虑。来人是于海的朋友的朋友,朋友的朋友也是朋友,所以也就是于海的朋友,能见死不救吗?加上他的年龄,言语间透出的诚恳,也更像是一种保证。况且斜斜一声不吭地站在马荣身边,女孩子更是有悲天悯人之心,若以任何理由拒绝都可能给她留下恶劣印象。

马荣沉思了片刻,想起了什么似的,当然这一切沉潜在须臾之间,周围的人并未察觉。他小心地用试探的口吻问会计:"备用金里不会有500元吧?"印象中她刚去电信局交过电话费,备用金肯定所剩无几。果然她回话说:"备用金还剩十几元。"马荣有些欣慰,转而用爱莫能助的语气对他重复一遍:"备用金就剩十几元了,确实没钱!"不料她又嚷道:"书款里有。"显然她误解了马荣的意思。这下完了,马荣想,一个理直气壮的理由被白白放掉了。有钱,来人听了立刻兴奋起来。

"你放心,今天下午三点以前,我一定把钱还回来,说不定事情处理得快,中午就能把钱送过来。"他的样子笃诚、憨实,一时让马荣惭愧起来,他毕竟与于海还沾点边边角角的朋友关系。马荣说:"这样吧,你写张借条,下午一定还回来,因为是营业款,每天必须进账。""当然,当然。"他连声应诺。又接过纸和笔,写了一张借条。马荣看到借条上的署名是方冬生,便有点难为情地问:"你带身份证了吗?能否核对一下名字?""当然,当然。"他掏出了平整的身份证,让马荣核对了名字、相貌,一切都准确无误。还给他时,马荣又提了一个要求:"能否在借条上留个电话?""当然,当然。"他又飞快地在借条上写下电话号码:6632476。马荣感到自己的所作所为,已经有点对不住于海,便吩咐会计把钱给他。

来人几乎是一路道谢着走出门去的。

六

第二天上午,马荣睡眼惺忪地来上班,一路上哈欠连天。两腿悬在车杠两侧,不时地蹬空脚踏板。爬上阁楼,心神未定,会计已破天荒地蹑手蹑脚跟上来。在神秘表情的笼罩下,她的动作和衣服的摩擦声也有了一触即发的意味。她的身体一浪一浪地升上来,看见马荣时,极力压低嗓门说,他没来。谁没来?马荣忙追问,脑袋里却吱吱响着昨晚害他失眠的变压器的声音。话刚出口，他已经反应过来，不由得心头一惊，感觉事情有些不妙。原来昨天下午他假借有事，和斜斜去了牛首山，店里的情况他一概不知。

于是两只手在桌面上胡乱翻找起来。在几张信笺旁边，他发现了压在电话一角的那张小纸片。上面写着那人的姓名和电话号码：方冬生，6632476，是他第一次来时留下的。姓名、号码与会计手中捻着的那张借条上的完全一致。如此这番核对后，马荣稍稍感到心安，理由是那人拉生意在前，借钱在后。看得出那人第一次来时，纯粹是来拉生意的，留给马荣的号码应该是真实的。所以从情理上讲，昨天他可能被一件更棘手的事情缠住了。与家人突病或横祸降临相比，还钱这件事虽然信誓旦旦像亮舌苔一样亮了人格保证的，但推迟一两天仍情有可原。

当着马荣的面，会计没有对上述的判断表示任何异议。当他拿起电话正要拨号时，会计变戏法似的，又轻声把一个更严峻的事实摆到他的面前。她说："昨天下班前和回家以后，我拨了十几次电话，始终没人接。今天上班以后，我又拨了几次，还是没人。我怀疑……"她突然敛住了话锋。根据马荣这几年的管理经验，对某事下面的人越起劲，他越理应怀疑；越逃避，他越理应坚持。他右手一击脑门，差点

"哎呀"叫出声来，昨天他怎么就忘了这点呢。现在她又表现出从未有过的责任心，反倒使马荣意识到事情已经严重到何等地步了。马荣向来笃信女人的直觉，如果她利用直觉来报复他，那肯定绰绰有余。

表面上马荣装着若无其事，他平静地问："你怀疑什么？"她说："我怀疑是空号！"她的语气分明不是怀疑，而是肯定。然后她又主动地提到，自己有一个表妹在电信局工作，可以托她查一查这个号码的来龙去脉。事已如此，也只能这么办了。马荣几近无奈地说："好吧，那就麻烦她查一查。"脸渐渐阴沉，不再说话。

他知道，事到如今已没人能阻挡她对此事的热心，她会像个私家侦探，直到她能向马荣和盘托出一个他最不愿意看到的结果。她的目的既已达到，便轻快地下楼而去。

七

那一天马荣死命地往外打电话，终于用电话逮住了于海。他听完不敢相信真有其事，他对着话筒骂骂咧咧地说道："要真他妈是那事儿，我非把他一劈两段了！"他虽是苏州人士，但生就一副北方大汉的模样,络腮胡,须长一寸,平时梳洗得干干净净,和姑娘说话时的那股子温情劲儿,准能把任何硬骨头都融化了。马荣在电话这头仍能想象得出这位老兄动怒时,胡须微颤,口沫横飞的那股子彪悍劲儿。马荣忙好言相劝,晓以他做人的原则,末了说:"千万别胡来,只要把钱要回来,以后不打交道就完事了呗。"

于海仍气势汹汹地冲进了那位朋友的住所。见了他,那位朋友吓呆了,感觉大难临头,于是率先坦白,支支吾吾道出一件让于海更伤心的事来。原来八月间于海自费出过一本诗集,买书号就是找这位老兄帮的忙,他顺手多收了于海1000元。那本皱巴巴的诗集印出来后,于海快要把裤子典当了,从此个人经济一落千丈。今天他看见于海满脸杀气,以为事情已经败露。于海听了,"啊——"一声,瘫倒在沙发里,像鲸鱼在海面喷出了最后一口气。过了半晌,才从沙发里丢出一句话来:"妈的,这种事你还不如不告诉我。"

当然在马荣经历的这件事上,这位老兄是清白的。他与那位借钱者只有几面之交,每次都是对方主动来找他,他把那人引见过来,也是动了恻隐之心(连对方的联系电话都没有,最多是荐友不慎的小过错)。接下来他话锋一转,向于海透露了一个细节。

九月间，那人办事路过他的公司，借着点烟进来小憩，恰巧碰见一个顾客买了东西后，会计正愁着没碎钱找零。那人见了，二话没说从口袋里掏了一大把零钱出来，让会计数去44.35元找给人家。当时屋子里的其他人，口袋里揣着百元大钞，在一旁爱莫能助。大约隔了半个月，那人才再次路过公司，会计总算寻到还钱的机会。于海听了并没有吭声，随后一字不漏地转述给马荣听。于海拿不定，在刚借了500元的事实面前，这个笃诚的细节是否值得进一步渲染。

八

几天过去，那人依然没有露面。马荣坐在阁楼上，把前前后后的过程细想几遍，百思不解。越想越觉得落入了一个圈套，再想又觉得根本不像一个圈套。正反两方面的判断和证据从未像今天这样，如此的不相上下。现在能够裁决这件事的，只剩下了时间这架天平。书店里，也只有马荣还不排除那人仍肯露面的可能。

会计的情报又准时地汇报上来，马荣清楚自己是书店里最后一个知道的。那号码确确实实是空号，是一个正在拆迁的大楼里的电话，先前的单位已无从查找。但这没改变什么,马荣想,向好的方向解释的理由还是存在的。她的汇报像往常那样的意味深长,说完了坐在沙发上,一点没有离去的意思。马荣有些纳闷了,还有什么屁没放完?她总是这样藏藏掖掖的,一个长屁还要断断续续,放得有滋有味。马荣忍不住了,终于又问,还有什么事吗?这句话正中下怀,她再也沉不住气了,说:"这笔款子不能老这么在账上挂着,也该交了,你看该怎么办?"马荣明白她说的该怎么办指的是什么。今天她的和颜悦色,好像表明在这个摇曳不定的事件中,她最终成了一个受益者。马荣已经见怪不怪,冷冷地说:"下午我带500元来补上。"

©1997年8月

方向

正北

芳芳心事重重。吃饭时，没像往常那样加入父母的交谈。她只在一旁默默听着，心思被另一件事情勾住了。小碗的白米饭只扒了一口，又站起身来，闪身进了小屋。不足六平米的屋里弥漫着五月才有的霉味，不用的家什杂物沿三面墙墙根一溜儿摆放，轻巧一些的又往上摞起来。已经几个星期不见闲人进来折腾了，杂物表面已经积满了一层细腻的白灰，像心细的主妇蒙上的一层白荧荧的棉花纸。她差点被木桌前的一个矮板凳绊倒，身体朝窗户的方向趔趄了一下又站住了，眼睛顺着那个方向端详起墙角的一摞纸箱。悬浮在空中的尘埃在鼻腔里痒痒作怪，最后的喷嚏使她倒吸进更多的灰尘。她奋不顾身地打开其中一个纸箱，终于找到一本旧版的《新华字典》，保护用的塑料封套早已不见，甚至前面的几页说明也残缺不全，但她仍然很兴奋。

她捧着脏兮兮的字典回到客厅，好看的鼻尖像撒了一小撮胡椒粉。她母亲关切地侧过身子催促道："再不吃，饭菜要凉了。""嗯。"她随声应和却不抬头，眼睛继续盯着在大腿上摊开的字典。还有两个月她就小学毕业了，早已用不着那几页丢失的偏旁部首。她在"刺"的第五个字义中，找到如下字眼：

尖锐像针的东西：鱼刺、刺猬、刺槐

这是整本字典中唯一出现"刺猬"一词的地方，她失望地合上字典，书页合拢时扑出的一股霉味，熏得她赶忙捏住鼻子。她重新拾起碗筷，无法像往常那样细心品出饭菜的香味来。面对母亲忧心忡忡的征询，她只得违心地敷衍道："蛮好，今天饭菜蛮合胃口的。"在一小碗白米饭吃完之前，她又站起来三次，几乎把脸贴到了电视机的屏幕上，凑近看里面的《动物世界》节目。画面上又出现了一些小动物，这是她站起来看的原因，眼睛由于近视已经眯成一条缝。地鼠后面又介绍猫头鹰的食物链，出现在山林间的穿山甲、松鼠和刺猬只是作为陪衬猫头鹰的画面在她眼前一闪而过。她想在屏幕上进一步抓住点什么的心理，使她在整个吃饭的过程中坐立不安。这一顿晚饭吃下来，只觉得胃里凉飕飕的，走出房门时禁不住打了一个寒战。

门外楼道的墙角里，拱着一团像垒墙用的褐泥状的东西，被开门的铁栅栏的声音震动后，迟缓地动弹了一下。它的头被四只利爪团抱着，使足劲儿钻进软腹，形成一个类似土窑的平底——那是芳芳把网兜拎起来所看到的景象。数不清的长刺倒下去，竟像羽毛一样温顺服帖。这副憨态可掬的模样，惹得芳芳想伸手顺着长刺捋几下。

网兜拎起来后，撒在四周诱它伸头的饼干屑在地上形成一个椭圆，没有丝毫动过的迹象，她有些着急起来。除了粗糙的喘气声（像冲过终点的运动员发出的），完全没有动物应有的动静。她断定它的生命力正在衰竭，掐指一算，心里越发不踏实了。从山里来到城市的这几天，它肯定滴水未进。

晚饭后，父母循着老习惯出门沿街散步，撂下她一人在家忙个不歇。这时方才意识到它不像家禽，能随便用饼干之类的熟食打发。她开始把目光转向冰箱里的生食。她进里屋取出一把大剪刀来，在厨房的砧板上将一棵冰凉的青菜剪成了一绺绺的"面条",随手拈了一撮来到楼道里。每一绺足有三寸长,她感觉这是喂食的安全距离。叶子穿过网孔后落在头可能钻出来的地方,不多一会儿,它就满身披挂着绿菜叶了,甚至青菜的清新气味暂时缓解了它浑身散发出来的尿臊味。但任凭用菜叶怎样刺激它,怎样在那些长刺上磨蹭,它依旧纹丝不动。芳芳蹲在它的上方,简直拿它毫无办法。她用舌头和嘴唇吹出各种声音,吹腻了又站起身来,在边上用脚跺地,末了甚至企图重演晚饭后她开门的那一幕,把铁门一遍遍拉开,再一遍遍"哐""哐"地用力关上。

　　隔壁的老太早已对门外的怪声心存疑窦,这会儿又听见对面的门被震得哐哐响,只得战战兢兢从门上的猫眼向外看。芳芳的一举一动全在她眼里。当老太气恼地打开木门,一掌将保险门推开,芳芳立刻红了脸转过身来,她意识到自己的举动打扰了对方。老太虽低着头,眼睛却匕斜了往上瞅她,这是戴老花眼镜的人常有的视物方式。"你在干吗?"老太有些纳闷,刚才猫眼里芳芳好像正对着一堆垃圾吆喝什么。老太没容芳芳答话已走到跟前,又伏身下去看个究竟。"噢……原来是刺猬!"老太连忙后退几步,除了一股臊味熏得受不了,她更怕倒伏的长刺会竖起来。

芳芳接着她的话茬儿说:"它什么也不吃。"老太这才明白了她的良苦用心。

"这东西不能养啊,臊得很,得赶紧吃掉,只有楼下的陈叔会杀这东西。"老太担心她会在楼道里把刺猬养下去。这话在芳芳听来有些刺耳,她听出了里面的另一层意思,她的倔脾气陡然升上来,但说话的方式倒像自言自语,"今天我非让它吃点东西不可!"她索性把网兜拎起来离地十多公分,尔后猛然撒手——刺猬落下去,还是纹丝不动!在刺猬面前她完全像个年轻的不知所措的家长,说话间动作裹挟着不被理解的怨气,甚至有一刹那,泪珠儿在眼皮底下打转,差点夺眶而出。老太站在一旁察觉气氛有些不对,为了不使自己尴尬,赶忙顺着芳芳的话,献计献策起来。

在她漫长的记忆中事实和想象早已混杂在一起。"它好像吃一些活的东西,像老鼠哪,还有蛤蟆、蚯蚓之类的。"站在楼道三四十秒后,老太已经适应了动物的气味,说话间两条腿还朝芳芳这边挪过来。老鼠、蛤蟆或蚯蚓不是芳芳能够或者敢于找到的,她能够选择的只是家里现存的一些东西,除了饼干、糖果之类其余都超不出冰箱的范围。但老太的话还是一语中的,使芳芳一下意识到自己先前思路的错误,她早该把目光转向冰箱里的荤食。

进门时她甚至忘了跟老太打一声招呼，在明亮的节能灯的照射下，她的脸因为激动显得红扑扑的。她急切地从冷冻柜里取出一块硬邦邦的猪肉来，把砧板上的青菜捋向一边。冷冻的猪肉在砧板上冒起许多柱白色的雾气，当她艰难地切下肉块的一角，连刀刃也冒白雾了。她把猪肉切成一根根的，长度也比先前的菜叶短了一大截，她早就没了先前的顾虑。她一把将砧板上的肉丝捋进右手掌心里，同时感到了一阵彻骨的冰凉。

芳芳返回楼道时，老太已经悻悻地进屋去了，但刺猬明显挪动了位置。芳芳赶忙蹲下去，仔细辨认它是否真的吃了青菜。扔在它背上的菜叶确实不见了，但都被它捋到身下当了垫子。尼龙网兜团团裹着它的身体，也许冷给了它额外的刺激，它已向墙角挪近了半尺。下面的景象更出乎芳芳的预料。当着她的面刺猬真的动了一下，接着脑袋就钻出来了，鼻子还不停嘶嘶嗅着什么。芳芳手里的热气渐渐把硬邦邦的肉丝弄得软塌塌的。第一根肉丝扔下去，没能顺利地穿过网孔，被网丝钩住了，悬在刺猬头顶上方。芳芳伸出一根手指，想拨弄一下，却听见刺猬发出簌簌强烈的吓唬声，接着头和前爪向上一跃，顷刻间肉丝不见了。芳芳吓得猛地站起身来,这东西的厉害出人意料!然而食物到口,它马上平静下来。芳芳心有余悸地站在那里,直着腰,胡乱扔下去一些肉丝。

刺猬不停地把掉在网兜外面的肉丝拖进去,甚至不惜在网兜里滑稽地打滚。吃到一些肉丝后,它对芳芳的态度明显好转,后来芳芳甚至能用指头捻着肉丝,隔着网兜喂它了。每回它的嘴只衔肉丝的前端,绝不碰她手指。芳芳兴奋得心嗵嗵直跳,但仍然面色紧张地注视着自己葱白一样的手指。不多一会儿,手里的肉丝全喂完了,她满心欢喜地冲进屋里,又切了一小把肉丝出来。如此往返了三次,刺猬才对猪肉失去兴致。它好像很快从虚弱中恢复了过来,对被困网兜中表现出不满,试图用绕自己打转的简单办法摆脱网兜。芳芳用了好几块砖头才把它围在墙壁和两个废弃的花盆之间。

父母散步回来时,芳芳已经进屋去了。她把自己锁在南屋,拿着一支铅笔在白纸上胡乱画着什么,脑海翻腾着下一步的打算。父母经过楼道时,看见刺猬被几块砖头堵住去路,不禁对女儿下午不肯杀刺猬一事又感到忧心忡忡。他们明白,刺猬只要在楼道里待上几天,楼上楼下的议论便会雪片般地飞来,那时他们这一家便会成为众矢之的。但女儿的心思他们也明了几分，她的确太爱这只刺猬了，舍不得把它吃掉。夫妻俩走到厨房里打开热水器，放了一脸盆热水，一扭头看见了砧板上的猪肉，证实她做的事正是他们所担心的。于是两人挤在厨房里叽里咕噜商量一阵，最后决定今晚暂不打草惊蛇，还是让女儿暂时沉浸在养刺猬的喜悦中吧，但明天是最后的期限，母亲决定明天下午提早下班，回来找陈叔杀刺猬！

楼下的陈叔业已退休，平时赋闲在家，一份报纸、一杯茶便能混一天的，没见有什么特别的本领，但奇怪的是他会杀刺猬的事，整条巷子无人不晓。

由于困倦芳芳已经趴在桌上了，眼皮勉强撑开一道缝，她仍在掂量哥哥马荣给她买刺猬的事。母亲在门外喊了三声，提醒她该早点洗罢去睡了，她只当没有听见。马荣是在她下午放学时，把刺猬交给她的，当时引来了众多同学的目光。马荣的办公室离学校不远，遇上急事小妹马芳自然成了马荣向家里通风报信捎带东西的小使者。下午马荣同其他家长一样，耐心地等着校门打开。在潮水般涌出校门的第一拨人群中，他一眼就瞥见了马芳，于是压低嗓门连喊几声，才把马芳叫住。芳芳一脸惊喜站到马荣面前。马荣二话不说，把系着网兜的细麻绳往她手指上一套，然后解释道："这东西是给你买的，吃了能治眼睛，特别是胆能明目，这东西难得买到，一定要吃！嗯？……呃，另外也告诉家里，今晚我不回去了，有事要加班。"马荣站在那儿如数家珍，交代完毕后又急匆匆瞥了一眼手腕上的表说，我得走了。便撇下芳芳一人站在那根电线杆下。好一阵子她才回过神来，毕竟网兜里的东西虽然是头一回见，但还是认出来了，以前读过的自然史中的插图起了作用。她拎着网兜刚走几步，同学们一下就围过来了，叽叽喳喳七嘴八舌地问她拎的是什么，调皮的男孩还捡截小木条，隔着网兜捅它。末了大家惹得它把长刺竖起来，便有人慧眼识英雄地告诉大家，那是刺猬！接着众人又左喝右叱的，吓得它收起长刺，蜷成球状。大家哄闹起来的兴趣，很快被它身上的尿臊味抑制了，勉强陪着走了三四十米，又一哄而散。

芳芳拎着网兜走进最后一条巷子时，简直有点无地自容，她唯恐别人会猜到这只小刺猬是买给她吃的，但巷子里的人似乎比她更清楚这只刺猬的用途。蹲在井栏边洗菜的黄奶奶，一眼就瞧见她拎着只刺猬走过来，还未走到井池边就扯着嗓子问她："丫头，这刺猬是在哪儿买的呀？"芳芳立刻涨红了脸说不知道，是哥哥买的。黄奶奶感叹说，好多年不见卖这东西的了，你今天碰上真算福气，吃了亮眼睛哪！她走过大院门口的裁缝店时，又被在那儿取衣服的刘大妈看见，拉住问了半天。她一边微笑一边腼腆地耐心答话，末了刘大妈甚至还说出了一两种烹制的方法，以及那样吃后对眼睛的作用，她站在门外听得眼睛都要发绿了，刘大妈说这番话大概是知道芳芳眼睛的状况，她看书写字时必须戴400度的眼镜。

芳芳走进楼前大院时，母亲正好下楼倒垃圾，见她手上拎一只刺猬，便惊喜地问道："多少钱买的？"芳芳这时才像个孩子似的，歪了脑袋调皮地一笑，说："不知道！"母亲拎着个塑料袋愣在那儿了，那些给他们家送东西的人经常把她弄得稀里糊涂的。芳芳见母亲一副摸不着头脑的模样，忍不住咯咯咯笑起来，她把网兜向上一扬说："是哥买的！"接着三蹦两跳上了楼梯，像是急于要给楼上的父亲看这只刺猬。母亲站在原地又想起了什么，忙高声喊住她："你还是先下来！让陈叔帮你把刺猬杀了！"谁知芳芳听罢，扭头甩回一个"不——"，咚咚咚又上楼去了。

由于用力过重，笔尖在纸面上啪的一声折断了，芳芳这才警觉地把目光投向床头的闹钟，时针已经滑向秋夜十一点，芳芳平生第一次体验到做决定的艰难。可以肯定今晚马荣不会回来了，但决定必须在今晚做出。她不会推开房门，去找父母拿主意的，她觉得大人总会举出更多相反的理由，来打消她的念头。她再次强打起精神，伸了个娇美的懒腰来到窗前，发现对面屋顶上的鸽棚竟还亮着灯。远远望去，有几个人正兴致勃勃地围着主人聊天，主人不时炫耀地把手伸进鸽棚里，抓只信鸽出来。鸽棚的年岁比她还要大，她是趴在窗沿看着一群群在楼宇之间盘旋飞翔的鸽子长大的。她尤其喜爱鸽子在空气中振翅飞翔的姿态，从她窗前沙沙掠过的声音曾无数次引她心动。但鸽棚的丑陋一直给她强烈的印象，无数锈迹斑斑的铁皮向各个方向翻卷着构成了鸽棚。而现在一只白炽灯泡吊在铁棚的一角，给了她更加恶劣的印象。突然，芳芳眼睛一亮，一个想法像水底的气泡迅速浮出水面，她觉得自己有了一个了不起的发现。

接下来，决定很轻易地做出了。

上床之前必需的清洗完毕后，她躺在黑暗中久久难以入眠，整个下午被刺猬折腾得疲惫的神经开始加速兴奋起来。尽管她竭力想控制住自己，不提早想第二天的事，但第二天仍像一个巨大的吸盘把她牢牢吸附在上面，迟迟无法坠入梦乡……

第二天清晨，她在牛奶瓶当啷啷的碰撞声中醒来，即使隔着一堵墙耳朵仍能清楚地辨出送奶的三轮车碾过大院门口青石板的声音。往常的这个时候，她还拱在暖烘烘的被窝里酣睡不醒呢。今天她惊奇地发现，自己是按照昨晚预想的时间醒来的。套上毛衣后，她努力静下来一阵子，隔着房门听了听里屋的动静。父母还在酣睡中，他们已经养成六点半起床的习惯。芳芳拿起木梳，又若有所思地坐在床沿。床头闹钟的时针刚刚滑过五点半，但为了保险起见，她仍然决定省去吃早饭的时间。对于一个刚刚开始懂得何为身材的女孩子，吃早饭已经是可有可无的事了。洗漱完毕后，她回到自己的房间，趴在书桌上一笔一画，就着一张白纸写了两行字。

爸爸妈妈：

早自习后我不回来了，我自己在街上买早点。

芳芳 10.27 清晨

她对照铅笔盒盖里的课表，细心地把课本装入书包，又检查了不应落下的三角板、圆规以及当天应交的作业等，将书包背在肩上，顺手捻起桌上的纸条，来到窄得像过道似的小客厅里。她感到了从厨房半掩着的窗户吹来的冷飕飕的晨风，她特意用一个装蜂蜜的瓶子压住纸条的一角。关门之前她把钥匙插进锁孔里，轻轻把门带上，尽量不发出声音。

楼道墙角的刺猬还在酣然大睡，因为有力的呼吸，它的背脊富有生机地一起一伏。芳芳取出预先在厨房过道找到的废牙刷，小心翼翼把网兜挑起来，扔进她装过球鞋的包装袋里。这样手就不致碰到在刺猬身上磨蹭了一整夜的脏兮兮的网兜。她用草纸把废牙刷裹起来，塞进上衣口袋里。

现在一切准备停当，她可以拎着袋子出发了。

穿过马路时，她看见了那一群在大楼之间盘旋飞翔的银鸽，它们绕过大街东边的一座圣保罗教堂，在两边高大梧桐间露出的狭长天空里，画了一段优美的弧线，随之又不见了。芳芳的视线停留在鸽子消失的地方，她发现离树梢不远的树干上多了一个新鸟巢，她的目光在鸟巢上停留了几秒，然后气喘吁吁地跑向一辆正在发动引擎的10路公共汽车。

那是一种长长的，用风琴状黑皮裹住的弹簧连接起来的"大通道"车，说明芳芳选择的是一条横贯城市的主干道。公共汽车行进时，发出哐啷哐啷空荡荡的声音，车上连十个人都没凑够，大家却怀着过去物质匮乏时代的紧张心情，手忙脚乱地抢占紧靠车窗的单人座位。芳芳坐在倒数第二排，脚下正好是汽车的尾轮，这使得放脚的地方比别处高出一截。芳芳一手拎着袋子，一手帮着把脚放在凸起的地方。汽车驶过坑坑洼洼的路段时，芳芳感觉胯下的椅子仿佛毫无缓冲地直接撞在车轴上，反弹回来的力量不时震得尾椎骨麻酥酥的。为了不致伤着刺猬，她用手把袋子悬在两腿之间，尽量护着不碰上周围的铁器。

公共汽车拐了一道弯后，便径直向市中心的方向驶去，巨大的树冠挡住了车窗外面的天空。晨风从车顶方向吹来，直直灌进脖子。车顶朝向天空的四方小窗敞开着，它像一个通了电的荧屏，快速掠过电缆、树梢、高楼、红色横幅以及彩色气球和巨型广告牌的一角。

市中心是她的第一个目的地，在人流高峰到来之前顺利地换乘上15路。她依旧坐在汽车尾部，坐在那里有一种难以言喻的安全感。路途中早已感觉不到袋内刺猬的动静，她尽力把已经合拢的塑料袋袋口撑开一道缝，让空气流进去。抬头看窗外，高楼大厦稀稀拉拉的，街道两边的梧桐树已经变成双排。上车后她没特别留心记站名，因为从前和同学沿着这条线路出游过几次。她隐隐觉得沿着这条线路走下去，一定有自己想去的地方。

车过清远门，她开始留意道路两旁的风景。车子轰一声驶出了城门下面的隧道，随着眼前一亮，葱茏的绿树和绿茸茸的草坪迎面向她扑来。车出城门后，顺着城墙一个急转弯向北拐去。越走树越茂密，房子渐渐稀落，道路两侧只剩下了杂沓的灌木和一眼望不到头的杉树林。芳芳生怕遗漏了什么，开始目不转睛，心绪紧张地盯着窗外。她期待着一个标志性建筑的出现。车进了杉树林后，她才弄清了自己心里想去的那个地方，只要看见四方城，她就可以下车了。

汽车目空一切地在这条旅游线路上高速奔驰起来。这座城市的旅游区已经进入旅游淡季，有些路段两侧几乎空无一人。进入林区后，她的耳朵里只剩下汽车吭吭的加速声，以及它在静谧的树冠之间造成的轻微的回应。四方城的高大墙面隐在巨大的树冠后面，正门前方象征性地铺了几个石阶。城墙的垛口从芳芳的眼前一闪而过，她禁不住地站起来，空出一只手牢牢抓住前面的椅背。汽车驶过四方城大约三十米才停下。一块已看不清文字的站牌，用一截铁管支撑着孤零零地立在那儿，一块半掩在土里的石碑和它隔着一条杂草丛生的水沟。她只想尽快离开大路，从四方城一侧爬上路边的山坡。她惊奇地发现一场秋雨的痕迹还留在泥土的表面，晨风一吹，泥土和树叶的清香便弥散在林间，她的精神随之一振。

沿着坡顶台地向里延伸约三十米，城墙就断了。再向里，是一片高大榆树盖顶的林间空地。芳芳拎着兜，沿空地边缘走了一圈，心里暗暗琢磨着地形。她需要一块灌木丛生的草地。在空地的东北角，她发现了一条可以通向林子更深处的小径。小路外宽里窄，进到七八米处，路只剩下一脚多宽了，几乎被灌木挡住了去路。芳芳奋力挣脱脚下的羁绊，从几棵低矮的冬青中钻出来，只觉得头顶一亮，又一片榆树盖顶的林间空地出人意料地出现在眼前。

这里乱草丛生，无路可寻，边上长着更茂密的灌木、杉树，冬青和榆树倒成了其中的点缀。芳芳觉得这是和刺猬告别的理想地点，从这里刺猬可以轻易地爬进后山。现在已经僵疼的左手可以放松活动活动了。刺猬倒出来后和网兜缠绕在一起，她用牙刷柄把兜底一挑，刺猬便脱离了网兜，像一只足球似的滚落到灌木丛中去了。接触到杂草和露水后，它表现出了不可思议的敏捷。在绿茵地上显得格外扎眼的红网兜、白袋子以及浅黄牙刷，又被芳芳收集到一块，准备带走。为了刺猬的安全，她不想留下有人来过空地的任何迹象。

当她心情惬意地转回身子，立刻觉得天旋地转——一个男人堵住了她的去路。他像一只老练的豹在接近猎物之前，未发出任何声响。嗓子早已被什么东西卡住了，除了陡然急促起来的喘气声，嗵嗵的心跳声，两片颤抖的嘴唇已经发不出任何清晰的字音。腿一软，身子顺着一棵幼树滑向地面。这样她的眼睛无力地仰向被树枝割碎的天空，看见晨风摇曳的树丫上，几只山雀倏的一声腾起，振翅向后山飞去。

ⓒ 1997年10月

费马的

灵感

我叫胡奉三,在国民政府管辖下的三十年代,还有人叫我少君,那是我在中国银行职员自发组织的园艺话剧团演出时使用的艺名。剧团每到一处,我的艺名就会出现在四处张贴的海报上。演出开始前,会有两三记者寻踪而来,拿着镁光灯在后台忙碌。第二天,我睡眼惺忪地起床后,就会在报纸上读到对我昨晚那场演出的评价。这些报纸上的边边角角的评论,成了我起床后在供演员梳妆打扮的镜子里看到的自己的形象,它直接影响我每天的喜怒哀乐。多数评论都是令人失望的老调重弹,我的艺名也一度成了类型化表演的同义词。那时战局已经一边倒,国军在放弃汉口、长沙后大踏步地后撤,剧团也随之辗转到了重庆。为了鼓舞后方士气，三天后剧团演出了《前线》。不过我扮演的日本军曹，遭到了妇女团体的指责，嫌表演得不够可恨。那时谁也不知道，我一度产生了放弃演出的想法。这件事进一步使我明白，我的天资不在表演而在数字方面。我父亲以上三代都是做商铺账房先生的，到我这里，算是受了新式教育的第一代。数字已经成了我的血液中给智慧供氧的红细胞。读报时，掺杂在文章中的数字，我几乎过目不忘，即便几个月后，那些数字还在脑海里跳荡着。同事们时常惊叹我对数字的记忆本领，无须翻账本，我就能说出某年某月利息是多少，谁贷出去的款已经到期，该收回了。不过，我的兴趣并不在金融领域，国碱股票是否到了该如数抛出的关口之类。我的怀里时常揣着数学书籍。利用行内工会争取的假期，我去过哥廷根。那里是德国当时的数学都城。正是在哥廷根，我迷上了费马大定理，并获悉在国际数学大会上，希尔伯特将其列入了二十三个尚待解决的主要数学问题之一。

整个三十年代，我的所有空闲时间都被费马大定理填满了。这个定理有着迷人的简洁和典雅，思考起来也用不着兴师动众。一支笔和一本小得不能再小的记事簿，便能录下我的所有想法。有段时间，几乎每当夜幕降临，市郊山上的那三盏妇孺皆知的防空大灯笼，就会高高地挂在杆上，它表示敌机离重庆已经不远了。城东经常被炸，而我居住的城西相对比较安全。在湿漉漉的地下防空洞里，我度过了一段最用功的时光。没有戏班的打扰，拥挤在坑道里的人又不怎么熟悉，这样我便能把全部思绪集中于费马大定理。我在哥廷根时，许多人对费马是否真的证明过这个定理表示了怀疑，费马以一页书的空白不够为由，没有写下证明，从而遗留下一个流传两百年的"悬案"。他们猜测，如果费马的那个证明确实存在，也不应该超过两页纸头。作为崇尚直觉的中国人，我根本不相信在哥廷根四处传播的对费马不利的猜测，因为我知道，我第一次瞧见费马大定理时，那触电的感觉不会欺骗我。是的，看到它我立刻明白，费马没有错，他已经给出过令人艳羡的简短的证明。后来，我的一切努力，不过是为了重现已经丢失了两百年的费马的灵感。

重庆的夏天和南京一样炎热，蚊子四处肆虐，不过个头更大，也更凶猛。我一直有皮肤过敏的毛病，因而更多时候是躲在蚊帐里。因为后方资金匮乏，银行的事很容易打发，剧团一时也成了我们的主业。在表演上，我不思进取的懒散，与我越来越逼近费马灵感的核心成了鲜明对比。我的名字渐渐从海报上消失了，漂亮花边里框着我以前的配角的名字。有时，我甚至成了台上跑龙套的伙计。后来，我的多数角色没有台词，因为排练时我漫不经心，把台词说得颠三倒四，屡屡影响到剧团其他人的情绪。即使是很安静的角色，我的脑子仍高度紧张，在众目睽睽下，我竟然思索着费马大定理，懵懵然忘了眼下是剧中的一个过门。

对于战局，我向来一窍不通，关于战争的知识，也是从警报和抗战剧中得到的。山上那三盏灯笼挂的次数多了，我便有些疲沓。有时敌机在天上轰鸣，我仍躺在蚊帐里。对于我，它更像是一只在蚊帐外装腔作势的小蚊子。我们这个街区从来没落下过炸弹，我甚至懒得走到阳台，去瞅它一眼。我越来越不能忍受空袭的打搅。有一阵子我打算使用笨拙的解析几何，后来发现它不适合在夜间思考，便放弃了，再说这种方法也有悖于我所要求的那种美感。那些夜晚，我时常能听见从城市东边传来的几声沉闷的爆炸声。第二天上午，报纸会刊登被炸房屋的现场照片。渐渐地，我对敌人的仇恨，变成了对东瀛岛国的厌恶感，这使得我心中的恐惧烟消云散。我真正担心，我的辛劳会在躲避途中付诸东流，于是干脆整夜待在蚊帐里。

记得那是三伏天的一个夜晚，我在疲惫不堪的思索中，昏沉入睡了。梦里出现了一片雪地。我拿着一根树枝，在雪地中边走边写，身后留下了一串清晰的数字、公式以及若干旁注。前面五十米左右有个台地，一个用来瞭望的竹塔，竹塔后面是几株被积雪压歪的雪松。我琢磨着也许走到台地跟前，我就能把证明写完。事情有点出人意料，走了不到二十米，证明却已经完成了。我有点不敢相信自己的眼睛，马上走回去检查了一遍。雪地上的公式、数字像那串脚印一样清晰，逻辑也经得起反复推敲，确实不容再作任何补充了。直到这时，我才舒了口气，流着泪，心里一遍遍唤着费马的名字，其实那也是我的名字。我伏在膝盖上，掏出纸和笔，打算把雪地上的一切记录下来。可就在这时，警报器震耳欲聋地鸣叫起来，云层里传来了巨大的轰鸣声。一架敌机径自朝雪地俯冲下来，机翼一抖，投下来两枚炸弹。尾翼的呼啸声像针一样刺着耳膜。我的行径显得有些自不量力，上前打算用身体挡住炸弹，但一下被气浪掀翻了……

醒来后，我发现自己躺在当地一家医院里。床头柜上摆着当地同善堂送来的慰问的水果。我的耳朵老嗡嗡响个不停，医生告诉我，那是被气浪冲压的结果，要过很久耳鸣才会消失。我被消防队员从废墟里刨出时，气息微弱，但没有明显的外伤，唯一的后患是脑震荡。很长一段时间，我的脑子一片空白，就像梦中写字前的那片雪地。后来关于那个梦，我慢慢回忆起一些微不足道的细节：台地、竹塔、几株歪歪斜斜的雪松以及炫目的火光。至于雪地上的那篇"论文"，却令人扼腕地忘得一干二净。

现在，距离那次轰炸已有四十多年，更没人知道我从前的艺名少君。但我相信，从那以后，数论的任何抽象的发展，都是糟粕，并只有我确知费马作出过那个伟大的证明，或者说费马知道两百年后有人重现过他的灵感，只不过，符合世俗要求的证据，已毁于一场战争。后来，我在《南京日报》的头版上，还看到过一篇愚蠢的报道。记者大肆渲染，德国青年数学家刚刚证明了费马大定理，论文长达三百多页（记者的钦佩之情似乎与论文的页码成正比）。我想，对这个冗长的证明，费马先生一定不会满意，充其量只能算作当年对费马发出过嘘哨的那个国度，在费马亡灵前的笨拙的忏悔，它与费马的灵感完全是两码事。也许像定期飞掠过地球的彗星，费马的灵感在两百年后还会重现，那时的人类会不会还用一场战争迎候它？

© 2000年1月24日

七

毛

七毛在黄州镇上是有名的打架高手,关于他的传闻很多,自然被其他小一号的打家四处传扬。有年夏天,他的战绩赫赫到令人毛骨悚然:用砖头拍断了鬼头的一根腿筋,直到许多年以后,鬼头去福利院上班,仍是一瘸一拐的;用虎牙咬下了狗婆的半只右耳,从此狗婆一蹶不振,即使在炎热的夏天,也留着一头能遮挡残耳的邋遢长发;据说那半只右耳,后来被泡在七毛家的一个盛满福尔马林的玻璃容器里,时至今日,也没听说七毛归还过那半只右耳。对于他家的那个玻璃容器里,究竟泡着几块人肉战利品,一直是其他打家众说纷纭的。鉴于他超强的战力,战火烧到镇外毫不奇怪,有黄州人不熟悉的人肉落入其中,也是预料之中的。鉴于我与七毛的关系特别，亲密但不致被人视为同犯，疏远又不致挑起战火，所以那些年，我的日子还算好过。

最近，因为回国探亲，我在离开黄州二十年后，又回到了家乡。映入眼帘的还是那一条条七毛曾经拼力厮杀、战斗过的旧街道，固然店铺已经焕然一新。我去福利院找了鬼头，刚开始，他的态度有几分冷。

"他在牢里。"鬼头看都不看我一眼地说。

"他犯了什么事？"

"不犯事，也得进去，大家都这么说。"鬼头坐下来，跷起那条断了筋的腿，让它休息一会儿。很显然，他对七毛削弱了这条腿的腿劲，以及至今还像个领主似的拥有他结拜兄弟狗婆身上的一块肉，耿耿于怀。

福利院的气氛平静得过于虚幻，像是对过去那种可怕生活的诅咒、惩罚。我建议到街角的水轮酒吧喝一杯。这个建议使他休眠的思绪突然醒了过来。他站起来，为了友好地回应这个建议似的，开始滔滔不绝。我知道他酒后话多，但没想到仅仅是喝酒的建议，就已经提前打开了他的话匣子。到了酒吧，他甚至把多余的兴奋劲儿，用在摆弄那条过于活络的腿上。我看出鬼头不是酒吧的常客，刚进来时他有些不知所措，一杯酒下肚后才镇定下来。

"他现在是个惯偷。你走后，他父亲就平了反。十年后他父亲死于车祸，给他留下一笔现金，一爿杂货店，和远在郊区的一片荒地。不到两年就全被他赌光了，然后他向他的两位姐姐、一位住在黄州的大姨、从他父亲遗嘱中分得过遗产的两位姑姑，扯起了没完没了的债。直到所有亲戚都对他失去了信心，一齐对他关上了借债大门。不过日子再窘迫，他也不肯干卖菜、扫地之类的行当。终于有一天，他想发挥自己的特长，甘心当了一名雇佣打手。他接的第一个活儿，是打断凤光珠宝店女老板的一只胳膊，委托人是镇外的一个房地产富商。这个珠宝店是富商送给与自己有过一腿的这个女人的。看样子女人得手后把富商给抛弃了。七毛拿了五千块钱的'修理费'，然后把女老板修理了一顿。X光底片上，女老板的右手骨断成两截。盛怒之下，女老板报了案。不到一天，七毛就锒铛入狱。不过直到这时，他的表现还算差强人意，他表现出了应有的职业道德，他没有供出付他钱的那位富商。虽然镇上人人都知道事情真相，但他一口咬定是自己一人干的。警察拿他毫无办法，判了七年徒刑了事。

"七年说长也长，说短也短，不过对他这种坐吃等死的人来说，肯定长了点儿。他一出狱，就变样了。吓破了胆似的，变得畏缩起来，成天只干些偷鸡摸狗遭人唾弃的小勾当。他的样子变温良了，反倒使大家很不习惯，所以人人都怀疑他又在搞什么阴谋。如果不是看在过去血腥的份儿上，他恐怕早就被人揍扁了。每次偷窃失手，被人送到警察跟前，他都是一副可怜相，似乎使警察下不了狠心，判他个一年两年。也许警察有着商人的精明，觉得在牢里养这种无关社会痛痒的小偷，实在不划算，倒不如放他到社会上去筹措自己的生活费。所以往往临时关几天，一桩偷窃案就算了结。谁也说不清他被抓或不被抓的时间有多长，大家都只当他在牢里，或者死了……"

鬼头的话颇耐人寻味，他的怨愤中居然流露着对七毛英雄气概的期待。我忽然觉得自己在一个下午对鬼头的了解，甚至超过了过去的许多年。在扇形光束的灯罩下，他的脸越发狭窄，把他眼里的疑惑衬得更大了。后来，我问起狗婆的事，他依然滔滔不绝，没有让我感到一秒钟的冷场。狗婆在离黄州不远的黄石市发了财，他靠加工石料起家，后来投资了房地产和服装店。他甚至为自己接连开张的连锁店，设计了图案类似胚胎形状的店徽。有一次，他告诉鬼头，其实那是他的右耳，被七毛咬去的那下半截。我不知道，如果七毛走在黄州大街上，看见狗婆开的连锁店，是否知道门头上的店徽，是过去血腥岁月的一个象征。

鬼头咂嘴直夸酒好，他接连喝了三小瓶白干。我能感觉出他的生活有多寂寞和乏味，只有醉醺醺的时候，他才能找到理想的对话者——另一个拿着酒瓶的虚幻的鬼头。他说自从七毛入狱后，这个小镇变得不好玩了，大家都变得太温良，没有了纠缠不清的世仇，没有了让人振奋又刺激的格斗。他说他有时真想大打出手，说着他举起了一个空酒瓶子。

"别，别……"我忙用手摩挲他的脊背，让他冷静下来。但就在这时，我看见了一个熟悉的人，穿着一件长摆风衣，高耸的衣领几乎遮住了半张脸。是七毛。他还是那么精瘦，额头上有像眉毛一样横着的一道刀疤。他进来时，酒吧里的所有说话声都停止了，所有人都警惕地看着他。这时两个怕惹祸上身的人，赶紧结账离去。看得出，他的威严犹在，时至今日，他仍是小镇上最臭名昭著的人物。鬼头的表情最富戏剧性，由刚才举着酒瓶时的愤怒，一下转变成了惊惧。"啪"的一声，空酒瓶滑落到地上，他一下酒醒了。七毛听见声音，朝这边瞥了一眼，在走到柜台之前，他一直这样疑惑地看着我们。接下来，我的举动让酒吧所有人都大吃一惊，上前和他握了手，邀他过来同我们喝一杯。他跟我走过来时,鬼头不知所措地站起来,和七毛对视着。那一刻让人似曾相识地想起二十多年前的那场街头大战,他和鬼头各率一班人马鏖战前相互奚落的场面。但一两秒后……景象又回到温馨的一幕。同过去一样,七毛话不多,但面部的线条柔和多了,他不时在我说话时笑一下。有一刹那,我甚至觉得他的笑中有愚笨和痴呆的成分。他不关心我在哪里、干什么,倒是专心地喝那杯我为他点的酒。鬼头也拘谨地呷着,不再说话了。酒吧里重新漾起众人交谈的嗡嗡的背景声。

七毛喝完了酒,马上站起来,像为了表达感谢,过来用劲搂了一下我的肩膀,同时侧脸犹豫地看着鬼头。

"你们和解吧,相互握一下手。"我在一旁怂恿道。鬼头表情温和地站起来,大概七毛从他的眼神里看到了应许,出人意料地上前拥抱了他。七毛走出大门时,鬼头和我未再挪动脚,倒像被他走后留下的一个空白惊呆了。我们重新坐下后,竟不知该说些什么为好。

突然,鬼头把酒杯一顿,惊叫起来,未拿酒杯的另一只手正在衣兜里摸索。

"我的钱包……我的钱包呢?妈的,这个丧尽天良的家伙,他居然偷了我的钱包,你看看,他居然假装亲热偷了我的钱包……"听到喊声,酒吧老板连忙跑过来帮他查实。我已有预感地去摸自己的衣兜。的确,塞在西装右边口袋里的夹有几张美钞的皮夹不见了。

事到如此,几乎酒吧里的所有人都支持鬼头报案,他们恨不能把七毛再关上一年两年。当鬼头气恼地冲到柜台拨打电话时,我走过去,"嗒"一声挂断了刚拨到派出所的电话。酒吧里只有我对此事表示了异议,我拿出五百元钱,平息了鬼头的愤怒。做这件事时,我感到身体深处竟然涌动着一股二十多年前的敬畏之情。

我把鬼头拉到大街上,用手指指自己的脑袋,"你不觉得他这个地方出了问题吗?"鬼头眨巴着眼睛,显然,疑团在他眼窝里陷得更深了。

临到分手时,我要鬼头答应,以后如果听到七毛被判刑的消息,请他立刻通知我。在留给他的名片上,我又补写了一个网上邮址。起先鬼头有些不情愿,当我塞给他一张百元美钞后,他终于答应了。但他颇有尊严地把美元退还给了我。

"好吧,我答应。不过如果他真被判了刑,谁也救不了他。"

"我只要你通知我。"我强调说。转身后,我听见了他把手骨捏出的嘎嘣声。

他一直目送我走出老远,快到街角时,我不放心地又回头喊着,"可说好了,一言为定!"他在夕阳余晖的大街上使劲点着头,同时想要表达一个深邃的含义似的,用左手指指他的头,又指指他的心脏。我装着弄懂了似的点点头。我走到礼堂广场时,他还人影模糊地站在原地,远远望去,只见他的那条用右手提着的伤腿,像一根垂柳在风中摇曳着。

© 2000年2月10日

女校先生

我读到那本书时已经是十年以后了。那本书被镶嵌在一个礼品盒的绒布铺垫的凹槽里,作为相互馈赠的辞书,它里面包含了许多令我吃惊的教诲。譬如,关于"宽容",书中提到可以是一个罪人悔悟后的心理状态,他对别人的所作所为并非无动于衷,只是自感无颜指责。关于"嫖妓",书中指出那是整个社会性犯罪念头的一个减熵途径。在"勇气"一栏,我找到这样的字眼:对可怕经历的遗忘,遗忘的途径有震怒、爱情、憧憬……我意识到十年前不会有这样的书,不然我的今天一定是另一副模样了。

记得我四十岁时,收到过一位女生写给我的春情萌动的信。我当时兴奋地去楼下买了一瓶烈酒,为自己莫名其妙的成功喝得酩酊大醉。在这个空气压抑的女校，有什么比我必须把她当成同性更难受的事呢？在酒精灯的蓝焰上，我把信烧了，尽管看着桌上的一小撮阴毛似的灰烬，我想入非非。院长经常抱怨我的课程太西化，她整天难受似的眨巴着一双并不天真的老眼，在学校四处找碴儿。上任伊始，她出台了一个让人憋气的规定：所有课程教案务必经她过目。我的课程教案便有三分之一被她的红笔圈掉了，旁边注着诸如"弗洛伊德的力比多理论不适合我们女校"之类的蠢话。当时我被另一件事情缠身，心不在焉，并不知道这究竟意味着什么。

有一天，我的妻子看到我带回家的教案时，显得有些激动。她在妇联工作，有一件事情让她困惑不解。一位常跑到妇联求助的女子，最近去南大听了一门文艺心理学。回来后便做了一件让妇联干部感到出格的事。她每周一次，主动为搞根雕的丈夫召妓，从而一举解决了多年来困扰她和妇联的，丈夫的性虐待问题。"力比多，力比多。"妻子一边用舌头掂量着这个词，一边毫不犹豫地操起了一把大剪刀。她知道被女校长用红笔圈掉的内容我用不着，便在教案上开起了天窗。

后来我下课时，经常会遇到对教案中的形状各异的天窗感到好奇的女生。我便解释，那些窟窿是准备贴菲林图片的地方。消息不胫而走，结果我的讲台前，天天有人等着翻看那些并不存在的菲林图片。她们炽烈的眼神与校长钦定的古板的校服，形成了颇为滑稽的反差。我知道，那位羞羞答答、情书里不敢署名的女孩，肯定不在这群喜欢到讲台磨蹭的女孩儿当中。她究竟在哪儿，成了上课中一个特别困扰我的问题。我烧掉的情书中没有她的笔迹，那是一封用报纸上剪下来的字拼成的印刷体情书，尽管她声称在第二封信里，会署上自己的大名。后来我经常翻看的那本辞书，对这种女孩的做法和心理倒有很棒的描述，"……她们为精神眩晕，却在肉体中醒来"。我为这个姗姗来迟的教诲感到遗憾。那时的我为第二封信的迟迟不来，心急如焚。记得上心理课时，我突发灵感，使出一个怪招。不管是高年级或低年级的学生，周末前都会接到同一道测试题。试题让她们细致地刻画对父亲的感情，然后进行心理分析。

　　第二周，我收到了三百六十一份答卷。有的答卷居然是一篇对父亲的控诉书。我毫不犹豫地把这类答卷交给了校长，她的脸上是受到震惊的神情。随后她对我的做法大加赞赏，认为我的试卷帮她发现了一大批潜在的家庭罪犯。整整两天，我汗流浃背地坐在窗帘紧闭的办公室，在一大摞眷恋父爱的试卷中大海捞针。那封情书的语调，以及不经意流露的迷乱的情感，是我查找的唯一线索。她宛如一座精致、令人垂涎的古代雕像，屹立在林林总总的赝品中，怀着顽皮又可爱的心理与我周旋。当然，我也不会差到是心理学方面的孬种。第二天，我终于小有斩获，找出了五份可疑的试卷。它们恍如老男人面前的年轻娇嫩的玉体，简直难分高下，就连作者的姓名也一样诱人。我违心地给这五份试卷打了高分。发放试卷的过程中，我特别留意观察这五位作者的花容月貌。我注意到气质与表达口吻之间的微妙的关系，据此我把筛选对象范围缩小到三人：蒋惠蓉、杨纯、汤苓。她们的面庞像是隔在眼睛与太阳之间的一片嫩叶，皮肤深处都透射出纯洁无邪的光泽，让我越发感到自己内心的黑暗。也许继续鼓励我做下去的，不只是校长的路见不平、被那封情书煽起的好奇，还有隐隐约约逐渐浮现出来的肉欲。我强装镇定地决定单独会见她们。我几乎差点烧香祈祷，情书的作者就在三人当中！

  我先在图书馆走廊碰见了踽踽独行的蒋惠蓉。她高高的个儿，白白的皮肤，翕动的鼻孔洋溢着热情。那天她对自己得高分浑身不自在，她的敏感让我打了个寒战。她左思右想，她随便写的作业怎么会得全班最高分，似乎她对平时在班上的倒数位置更心安理得。我不得不继续维持假象，夸她的作业多么有见地。我把图书馆的大门用力关上时，仍看见她在走廊里的眼睛瞪得老大，目光比雕像的目光还要让人感到取悦她的徒劳……那几天我的心情摇摆不定，我看到了自己悲哀的根源。

"这虽然是一份对社会假正经的抗议书，但手段却很卑鄙……"我忘了笔记本中的这段话，是不是喝酒时从脑子里冒出来的。当时极地酒吧的乐队正奏着震耳欲聋的摇滚乐，却掩盖不住杨莼接二连三的喷嚏声。她用餐巾纸捂着嘴，不时像换气似的道一下歉。她围着丝绸红肚兜的胸部弄得我很不自在，那儿只有稍稍能觉察到的一点起伏。与其说它让人想入非非，不如说它净化了我。它使我彻底打消了想借酒劲干点什么的念头。她自怜地抠着自己的指甲，又一脸惊讶地发现了我指甲上的竖条纹。之后她有些酒晕地扶着我的手，我却正经八百为她看起了手相。这就像是最后一次堂审，我判处了两人关系的死刑。从今以后，我面对她时，不会再有自责的感受。那晚我把她送到巷口，嘴里嘟囔着莫名其妙的话："感谢今晚你让我想起了从前。"她突然回敬的一句话让我大吃一惊："我宁愿让你只想到现在。"说完她转身跑进了黑黢黢的深巷，我一直望着她的被月光映亮的金属发卡，像萤火虫在巷子深处渐渐飞远。那晚我十分庆幸，她不是信的作者。

渐渐地，我弄清了心底的一幅图景。我思索过，如果立法者知道我的内心，那我够不够判上死刑？我熟悉这一带的夜晚，案件堆积如山，别人心中的不愉快，恰恰是我心底的一团野火。与汤苓会面前的这几天，校长按图索骥，约见了那几位伪善的父亲。在校长的威胁与利诱下，有一位父亲招了供，承认了对女儿施暴。据说第二天，那位家长就被警察悄悄带走了。这件事使我对自己的身份感到恐惧，似乎我既是校长的同谋，又是那位家长的同谋。正是带着这幽灵般的心境，我约见了最后的可疑者汤苓。

那晚，我和她相对而坐。办公室里升腾着印度香的烟雾，似乎掩盖了我额头上的袅袅热气。她头上扎着马尾辫，耳后到颈项的皮肤，把发际衬托得格外诱人。她的鼻尖和嘴唇有几分冷，但对我的凝视不带防范。她向我打听那位家长的事，尽管他咎由自取，她的话还是勾起了我的罪恶感。我努力使表情明朗一些，结果反倒更暧昧了。我想象着审讯室里的情景，那个可怜的人如何成为警察练习怒吼的对象，面对固执又烦躁的质问，瑟瑟发抖。也许读者不相信，我与他是正片与负片的关系。我想象自己抱头蹲在地上，瞅着警察的一排裤裆，不服气地想到它们也没少弄过女人。等我站起身来，足足高出汤苓一个头。那晚，我和汤苓相安无事地待到九点，然后我提议送她回去。

路上，我故意绕到清凉山背后的一排石椅边。她喋喋不休，又不肯说明原因地提出离开体美队的请求，我心不在焉地答应了。就在靠近树林的第一个石椅边，我拉了一下她的手，她的默许使我欣喜若狂。后来她承认，出了办公室，她一直在等，那时她的所有思想准备都抵不过老师一个眼神的召唤。我们就着石椅拥吻起来。她矢口否认她写过那封信。很快，我们在一阵摩托车的颠簸与轰鸣声中清醒过来。我没想到这一带也有专门在夜间捉奸的联防队员。他们的动作奇快，赶到石椅跟前时，我们的衣服还没整理好。他们大喜过望，用车灯照着我们。黑暗中乱舞的灰尘，从四道交叉的光束中浮现出来。我们背着车灯弄好衣服，跟他们上了车。他们假装正经地绷着脸，明知故问地盘问我有多大。汤苓因为紧张，死死抱着我的胳膊。她惊惧的表情使我想到了自己的责任，一种类似做父亲的责任。不过，我也是第一次领教这些乌七八糟的人。在堆着报纸、纸板箱的联防办公室中央，他们临时摆了两张破旧木椅。他们呈扇形坐在正前方，像是准备观赏在钢绳上翻跟头的两只猴子。

"你是有家小的人吧？"我点点头算是回答。"孩子也有十几岁了吧？"我又点点头。随后，先前一声不吭，穿紫色丝绸夹克的人接过了话茬儿。我猜想正是他导演了这出闹剧。

"说说看，你与这位小姐是什么关系？"

"是我一时冲动，没她事，责任全在我。"

审判者故意瞪大了眼睛，"你是说，你强奸了她？"

"瞎说，我与他是恋爱关系。"我没想到汤苓这会儿从恐惧中清醒了过来，她反唇相讥，一脸勇气十足的样子。我激动得嘴唇打战，感激地看了她一眼。

"这么说，你是第三者喽？"阴阳怪气的声音惹得屋里人低头哧哧笑，汤苓咬着嘴唇，涨红了脸。

"好吧，我们就把这件事的性质定为通奸。"

"我们没发生性关系。"我马上抗议道。

"没发生性关系？连我们都看见小姐身上白花花的肉了。"屋里的人顿时哄堂大笑。因为不服气，我额头上的血管胀得快要爆裂了。穿紫色丝绸夹克的人顿时把脸一沉：

"现在人赃俱获，只有老实交代，才有出路。"

屋里突然变得死寂，窗外传来叽叽喳喳的鸟鸣。

远处的声音使近处的我有所醒悟，我的年龄、阅历在这里却变成了包袱，在他们眼里我的表现如同白痴。我意识到坚持下去也是白搭，我、汤苓，谁都不愿在这儿多待一秒。我提出能否单独和穿紫色丝绸夹克的人谈几句，没想到他欣然接受了。他看着我的神情似乎在说，你下面想要的花招儿我小时候就用过了。我和他站在纸板箱旁边，声音压得很低，我说我认罚，唯一的请求是别再纠缠我们。他马上咂咂舌头，故意用屋里人都听得见的嗓门说，你现在的态度就对头了。

"只有老实承认发生了性关系，后面的事情才好办。"他用诱惑的语气进一步向我交底，同时像对待干了蠢事的下级一样，拍着我的肩头。世界的善恶顷刻间落入了他的掌心，在这个罗网中间，我说话结结巴巴："如果……我承认……你能不能保证以后不留案底？"我明白他是这类交易的行家，原则不过是哽在他咽喉的一股气而已。"好吧，既然你愿意认错，就罚款了事，单位那头我们就不通知了。"他说了一个钱数，我想也没想就接受了。后来，连口袋里的毛票、硬币都掏了出来，勉强凑够了数目。他让手下人递过来一份临时草就的案情报告，我看也没看，就签了字。汤苓过来签字时，他的手下人已起身走到门外。院子里传来摩托车点火的轰鸣声。我和汤苓从清凉山的高坡往回走时，看到那几盏鬼火般在湖边巡回的车灯。他们又在寻找下一个罚款目标。

当晚我和汤苓分了手。这件意想不到的事为我的情欲打上了死结。有好几个月，我的心情都相当糟糕，甚至不敢想入非非，或做一个娇妻美妾的梦。我没想到那份试题又煽起了校长对心理学的兴趣。她怂恿我构想一组专门针对男老师的心理试题。她的意图显而易见。她笃定男老师中一定有占女生便宜的人。我没有照办，这类花招儿令我联想到联防办的可怕的诱供。我寻词推托，把她给得罪了。

炎热的暑假还没到，正在备考的学生，突然接到从校长办公室直接下发的一批心理测试卷。看来她如愿以偿，在校外找到了替她干那种活的人。她想净化女校风气的决心，令我吃惊。没几天，到她那儿串门的学生多起来。从我的办公室窗口，能直接看见那些眉飞色舞、神采飞扬的学生。我盯着她的门，想象那是她门牙上的令人发笑的豁口，但并不能使我独处的难受有所好转。我害怕看见有谁红头涨脸地从她那里跑出来。每隔几天，她的神色都有变化，皱纹稀疏了，脸上有了亮光，两颊泛起与年龄不相称的红晕。这是一个不祥的征兆。两周后，她怀着我能觉察到的秘密，例行召开了全校期末考试动员大会。她的言辞越来越带有暗示性，使我在夏天的会场打起了寒战。

我不抽烟，却不停用喝水、上厕所的方式，度量一天的时间有多长。一周后，在两节课之间，她突然跑来找我。服装正规得有点儿煞有介事，她好奇地朝我黑黢黢的办公室探身看了一眼，马上又跳出来。"下午放学后，你到我办公室来一趟。"她一转身，衣服"啪"的响了一声，是她的衣袖在朝我的手背放电。她的背影在走廊消失后，我愣愣地站了好一会儿，回头把手上的教案摔在桌上，临时决定不去上课了。十分钟后，我告诉望眼欲穿的班长，今天我头疼，心理课改为自习。

下午，校长办公室又来了一些人。校办公室主任、师资科长、学生科长……个个绷着脸。我马上意识到他们事先通了气。我伸头看向她的桌子，吓了一大跳。我和汤苓签字的那份报告的复印件，足有一沓，不知她复印了多少份准备用来散发。像法庭传唤证人一样，汤苓到最后才出场。她把目光瞥向一边，不敢看我，软绵绵的身体有点佝偻。回答校长提问的过程中，她有几次差点呕吐。但我看出，她强忍着良心的不安，承认与我发生了性关系。"这么说，你肚子里的孩子是郭老师的？"校长的两只凸眼得意扬扬地看着我。那时我才意识到发生了什么事。情书、离开体美队的请求、她对我的纵容、被复印的案情报告，很快在脑海里连成了一条线索。我解开衣襟站着，只求别在汤苓精心谋划的这个骗局面前晕过去。有一回她把眼珠子转过来看我，我分明看见的是请求宽恕的眼神。她似乎被我的表情吓坏了，惊慌地又扭回头去。

阳光从窗台直射到校长身上，浮满尘埃的一道道光束又令我想起那个夜晚。这件可怕的事慢慢在我心里变成了对交易的理解，她供出那个夜晚以求保全自己，她栽赃嫁祸，以保全腹中胎儿父亲的声誉。大概那是她卑鄙行径中的另一种高尚吧。我热得满身是汗，感到了祈祷的必要。我祈祷一切生命烟消云散，没有强大与卑微之别。汤苓突然咳嗽了一声，把我从祈祷中拉回到现实。她匆匆跑出大门，走廊里传来"哇""哇"的翻江倒海的呕吐声。校长问我对此事还有什么要补充的。我摇摇头。校长久久打量着我，不相信我会这么快放弃申辩。学生科长出去搀扶汤苓，他的义举加剧了屋里的愤怒。我无动于衷，这样就显得我比所有人高明。我开始相信，没有罪行的罪念，一样会受到神灵的惩罚。许多年后，我在辞书中查到这样的令人茅塞顿开的话：正是本能把千万人赶上了同一条拥挤不堪的道路。当时我躺在家徒四壁的单身宿舍，马上酒醒了，意识到一本不说假话甚至有点儿堕落的书，反倒会使人走上正途。

记得那个下午，校长不断地在纸上记着什么，后来我干脆用点头或"是"飞快地回答问题。最后，紧闭的房门敞开，我重新走到户外。那时沉沉夜色重新降临到大地。两辆救火车呼啸着驶过白下街。我走过"旭日东升"吧房门口时，看见了几个妓女。我在心里暗暗对自己嘀咕："坚强点，学学她们，事情该怎么办就怎么办吧。"

© 2000年4月13日

玻璃的刺痛

一

这一天,本来应该是我最快乐的一天。

早晨,我隔着阳台的玻璃隔扇朝外看时,发现天空有霞云,几只精灵似的鸟,从树冠顶端的鸟巢钻出来,又像几颗坚果似的落到地面。我吃了冰箱里剩下的两块肉饼,喝了昨夜忘了喝的一瓶酸奶,打着又酸又冷的饱嗝出门了。车站上的人,比往日多了许多,像雨后长出的一片蘑菇。

60路公交车咔哧一声停到跟前时,我临时改变了主意。我忽然想到,应该到刚租的那个摄影棚去看看,签合同前的这个例行检查不应该忽视。本来这是张林分内的事，我只需吩咐一声。但即将签订的那份合同让我脑袋晕乎乎的，如果生意做成，就意味着我可以去一趟巴黎。鬼才知道我当时的确切想法，反正我懵懵懂懂地跳上了46路。

下车地点与我要去的摄影棚有一段巷路，不时有载客的三轮摩托车，嗒嗒嗒地从我身边挤过。又一辆摩托车从身边挤过时，我瞥见了里面一张俏丽的脸，那张脸像一只蜜蜂，把我从迷蒙的遐想中蜇醒了。这几辆载的全是女人。车过留香，我想这是去巴黎的一个吉兆。我注意到，巷边有不少嵌着旧式门板的店铺，里面的柜台几乎抵到了路边，店主的目光殷切又古怪。我走到"林氏修车行"的店铺门口时，望见了摄影棚所在的二层楼。为了避开门口的一大摊油污，我连忙走到路的中央。我几乎成了前后两对情侣的一块隔板。

有不认识的人在背后喊了什么，我没来得及听清一个字，就感到头被人重重拍了一下。"啪"的一声脆响，脚边不远处，一块玻璃摔得粉碎。亮晶晶的碎粒像撒了一地的好看的钻石。我本能地用手捂住头，看见路人从各个方向朝我围拢过来。刹那间，从那些人的表情，我明白了头上的重击与地上碎玻璃的关系。有人把我拉到巷子对面，让视线越过店铺的门头,指向骑在窗台上的那位肇事者。他吓得一动不动,像挂在窗户上的一条腊鱼,木然地望着我。发现窗台有四层楼高时,我一下子火冒三丈。

"你给我滚下来!滚下来!"我怒吼着,用另一只手指着他。

他手忙脚乱地往屋里跳,有人提醒我去楼上找他。向前迈了几步,我的脑子有点清醒了,在两爿店的中间找到了大楼的入口。我松开一直捂着伤口的手,看到了掌心的两片血斑。

楼梯是以前那种木头的,一串急促的脚步声在我头顶上方响起,到了二楼拐弯处,下楼者差点冲进我的怀里。她手上抓着一个敞口的医疗盒,散发着刺鼻的酒精味。

"是你吧?快,赶快上楼。"她转身絮絮叨叨地领着我往回走。

她家客厅外面另有一个门厅,她把我安顿在门厅墙角的一张椅子上。她用镊子夹了几团酒精棉到我头顶,边擦伤口边嘀咕,"别担心,我是医生,现在我帮你清洗一下伤口,帮你杀杀菌。"她对用词不敏感,却叫我哭笑不得,怎么变成她帮我了?

看见她从盒子里拿出各种药水,我有些担心地问,"伤口到底有多深?"

"不深,大概两到三毫米。"

"伤到骨头了吗?"

"没有,头皮很厚的。"

"需不需要去医院?"

这话让她的动作慢了下来。头发使创可贴靠不近伤口,最后她认输地站起来,向电话走去。打了两个电话后,她找到了她的丈夫。这工夫,我听见厅门"嘎吱"一声开了,畏畏缩缩地露出一个人的脑袋。

"对,对不起……"逆着光线,我看清是那位肇事者,他哀求似的目光几乎要垂到地下。他的样子算得上朴实,不过那撮梳理整齐的小胡子,却让人担心他的诚意。他拿着那把敲玻璃的锤子进来时,被女主人狠狠瞪了一眼。见到他的处境不妙,我的怒气消了不少。我克制着自己的情绪说:"以后干活要注意啊,不然还会闯大祸的。"

"是,是……"他连连点头认错,又想开口说什么,见女主人不耐烦地一挥手,吓得赶紧溜出了门厅。

她丈夫是跑着进屋的,身后跟来两位穿制服的人,大概以为伤已重到需要抬着去医院的地步。看到他身着白大褂,我稍许心安。显然他是医生,对付外伤应该是他的专长。见我能说能动,来人松了口气,不过还是慎重地问这问那："头晕不晕？需不需要弄一副担架？"

他工作的门诊部离这里不远。路上他与我并排走，小心翼翼地与我搭腔，他谈的都是与受伤无关的话题。两位穿制服的人远远跟在后面，到了街上，见实在帮不上忙，才与他道别。可能他俩是从大院保卫部叫来的。

二

整个门诊部像太平间一样寂静。我和他在楼道走了半天，没见到一个人。急诊室里没有医生或护士。我坐在打针的凳子上，等得有点不耐烦了，才听到由远及近，响起一阵杂乱的脚步声。跟在他身后的，是一位护士长。当这群人得知玻璃是从四楼落下的，对我似乎陡升了敬意。他们围住我，剪掉了我一大撮头发。护士长替我洗伤口时，我不放心地又问了伤势。"不要紧，消消毒就行。"当我问要不要打破伤风针时，她犹豫了，她回头看了看他。

"小赵……"小赵没来得及表态，一位心直口快的小护士先发话了："肯定要打，那块玻璃都用了十几年了。"

"对对，应该打。"被称作小赵的他，醒了似的附和道。

做破伤风针皮试时，护士长处理完了我的伤口，她说快到冬天了，每天搽搽碘酒就行，不必缝针了。

光这样能行吗？我对他们不缝针的打算表示了怀疑。也许是我的话起了作用，小赵又跑到楼上，找来一位主任医生。主任医生仔细查看了伤口，然后慢条斯理地说："这种楔形伤口最好还是缝上。"

很快，我看出了主任在这里的权威，所有人都按照他的吩咐，各司其职。不过，除了负责按住我的小赵和另一位男医生，其他人则显得手忙脚乱。护士长解急救包时，手不小心污染了羊肠线，她不得不重开一包。主任医生穿针不麻利，白耗了不少时间。当令人恐惧的等待把我弄得心力交瘁时，手术却要开始了。

"可能会有些疼。"话音未落，一阵剧痛便掠过我的头顶。我本能地用右手指抠着左手腕，直到那儿成为身体的第二个痛点。我数着钢针穿过头皮的次数，我知道第四次剧痛过后，医生就可以给羊肠线打结了。我觉察到屋里的气氛，渐渐变得轻松，四只抓着我的手，也准备把我放开。我感到了回到无痛世界的温暖。

打结时，主任严峻的表情从脸上消失了。他露着笑，刚想说什么，却又"哎呀"大叫起来。他的手停在半空，脸上露出了更为严峻的神情。

"妈的，线断了。"主任忍不住骂了一句，手术钳上夹着断了的羊肠线。

"可能老化了，这急救包虽然天天消毒，但已经摆了五年了。"护士长连忙解释道。

"实在不好意思，还得再缝一次，你再忍一忍吧。"主任避开我的眼睛说道。我咬着下唇，紧张得一言不发，知道自己没有退路了。他们相互埋怨的眼神，更让我在心里叫苦不迭。

护士长在柜里翻来翻去，翻出最后一个急救包。这意味着考验主任的最后时刻到了。剧痛过后，我有点摇晃，疲惫不堪，但四只抓我的手，重新把我推回到座椅上。我不敢看主任的手臂动作，只闭眼听着他们衣服的摩挲声。我对医生的信任已系于这最后一结。当主任又"哎呀"大叫时，我几乎想到了死。不过，他的脸上立刻又露出中了头奖的神色。

"还好，还好，从结后面断的。"

"别担心，头皮长得快，七天就可以拆线了。"小赵低下头来安慰我，他极力想安抚我的情绪。

墓地一样的寂静又回到屋里，我漠然地看着人群散去。我跌跌撞撞从椅子上下来时，被护士长一把抓住。她撸起我的袖子，见到了左腕上的一大片红斑。她一时拿不定主意了。

"红得这么厉害，不知道还能不能打？"她的食指在我左腕上来回摩擦，等着那片红斑最后定形。那位小护士倚在门边，眼睛透过光束中的尘埃看着我。也许她知道那片红斑的由来。我秘而不宣，只是不想被人折腾了。

"没关系，可以打，我在总院那会儿，比这大几倍的红斑，我们都照打不误呢。"小护士的话让护士长放下心来。"好吧，打。"

"不打不行吗？"见到真要打，我反倒担心起来。小护士在一旁发出"哧哧"的笑声，露出两排好看的牙齿。我走到窗台边，故意问起疫苗的事，直到小赵又返回急诊室。他说对他家那块玻璃真的没有把握，他的样子显得犹豫，又有几分慌张，使我不得不痛下决心。

在镶着胶木板的台桌上，护士长把针剂分成三份，这样即便她判断不清，我也不致出现大过敏。第三针打完，我出了一身细汗，两条腿微微打战。小赵把手上拎的药袋递给我，又表示要把我送到单位。想到签合同的时间快到了，我硬是把他劝了回去。我信誓旦旦地说:"只要头没问题,我不会再来找他了。"

三

除了苍蝇在我头顶上飞来飞去,那些恼人的目光也让人很不自在。我打着绷带的样子,一定让众人的心情大放异彩。我瞪了同事们一眼,希望再过一会儿,办公室的哄笑声就会消失。张林问我事情经过时,正好妻子打来电话,我忍不住告诉了她这个荒唐的遭遇。

"你有没有让他赔钱?"听完后她冷静地问道。

"没有。医疗费是他出的。"

"你怎么了?为什么不让他赔钱?"

"算了吧,就算人家赔1000块,我们也发不了财的。"

"可上次你儿子的头被人家砸了,你为什么让人家赔呢?"

"那不一样,小孩子天天一块儿上学,我不能让别人再欺负他。再说这家的玻璃总不会再砸一次我的头吧?"

过了十来分钟,妻子又从单位打来电话。她的同事一致认为,不找那人赔钱是蔫的表现。听到我在电话中胡乱找理由，同事们疑惑不解地看着我，似乎他们也觉得我这样做有些傻。我既无心争辩，又有所感触，直至两颊涨得通红。

直到那个大块头的家伙从玻璃转门进来时，我才想起签合同的事。透过玻璃橱窗，我能看见那家伙停放在门前的一辆奔驰。他看见我后，愣了几秒，然后哈哈哈乐起来。

"怎么变成这样了？"

我皱皱眉头，只好把事情经过又说一遍。他发出的笑声短促而滑稽。

"你这样子怎么去巴黎呢？"说完，他踮起脚尖，看了看我头上被剪得乱七八糟的头发。

"不行哪，到那边法国人会怎么想？你会把我的事情弄砸的。"

"不能再等一星期吗？"

"我的祖宗哪，签了合同，大后天就要去巴黎了。"

"签证也没那么快吧？"

"一天就够了，可你的头一天能好吗？"

玻璃隔扇里映现出我缠着绷带的脑袋，看着自己的狼狈样，我不再说话了。我清楚公司里找不出能替我写脚本的人。

"你要觉得形象这么重要,就让别人试试吧。"张林建议道。

大块头不表态,一声不吭。该死的窗外一辆车也没驶过。屋里的气氛尴尬得让人有些坐不住了。大块头把跷起的右腿放下,似乎有些意兴阑珊。

"我看……还是下次吧。"他摇晃着笨重的身体站起来,连骨骼也似乎发出了不堪重负的嘎嘎声。张林不相信一切会变化得这么快,他扶了扶领结站起来,又一次对大块头说,"我或者别人也可以试试脚本嘛。"

"你?"大块头晃了晃脑袋,发出了打呼噜般的笑声。"别怪我迷信,我确实只信任沈平的文字。"说完,他的脸上露出了像要庆贺什么似的微笑。有一刹那,我甚至隐隐觉得,他找到了一个称心如意的借口。也许他另有了合作伙伴,今天不过忧心忡忡地来推辞罢了。我确实没料到,我与他的商业关系会如此脆弱。计划和他到巴黎拍片的事,就这么不了了之了。

四

整个下午,我对着橱窗外的街景发愣。我哆哆嗦嗦感到有些冷。在一片反对声中，打开了取暖器。窗玻璃上马上蒙了一层雾气。有几次我想振作起来，甚至逼着自己喝了一大杯浓咖啡。三点过后，不知为什么越来越冷，已感到头疼。我开始担心是药物过敏。有不止一个人过来摸了我的额头，确认我在发烧。有人鼓动我去找小赵。我难受地浏览着《人民画报》，也没想出别的办法。

大约又磨蹭了一小时，我才离开单位。小赵抖抖乎乎地被人用电话叫来时，我同护士长已聊了一会儿。她骨骼粗大，有运动员的体态。她不太留心身边有谁在场，不加掩饰地向我谈起了她的丈夫。她对同一位海员的生活感到厌倦了，她说他在马六甲海域穿梭的时候，她只能在家读读小说。她提醒我，这里的白天同夜晚一样漫长，这里成天无事可干，甚至都找不到能聊天的人。

小赵似乎有备而来，他的身后站着一位脑科医生。听了我的抱怨后，脑科医生突然像侦探一样，要我回忆出事的那段经历。听说我又找上门来，屋里渐渐聚了一些人。他们好奇地围着我，用心在听故事。随着故事顺利推进，脑科医生紧锁的眉头渐渐舒展开来。

"听我说，你的回忆非常非常清晰，也没有出现间断，所以，我可以肯定你没得脑震荡。"

我对脑科医生要我接受这个结论，感到迷惑不解。"我不把这事放在心上，"我对他说，"你们快把我发烧的症状解决吧。"见我无心纠缠脑震荡，小赵好像松了口气。我感到地面一阵倾斜，小赵抓住了我。他马上领我上楼验血。看见我不愿让他搀扶，他又主动扯起了脑科医生的遭遇。

"你知道吗？他后脑勺缝了二十几针。"

"出了什么事？"

"大概是五月，他和老婆吵架后去喝酒，从楼梯上摔下来了。"

"现在怎么样了？"

"好了，你不是看见他好好的吗？"

"留没留下后遗症？"

"没有，连脑震荡也没有。"他似乎借此强调，脑震荡可不是一般人能够得上的。后来，他从化验室里如获至宝地捧出一张单子，上面写着我的血液数据。

"没事，没事，你不过是感冒了。"

他领着我穿过昏暗的 X 光室，找到了当班的医生。那人的桌上放着一本《收获》杂志，从中间某处摊开，让病人觉得会在这里受到医生的冷落。那人听说是感冒，看都不看我一眼，便开好了处方。小赵去楼下拿药时,我同当班医生聊了起来。他对我不相信只是感冒不太耐烦,他说感冒完全可以由惊吓引起,尤其像我这种过敏性体质的人。我对这个说法很好奇,禁不住地问:

"我是不是这种体质的人,你怎么知道的呢?"

"一眼就能看出来,你比较讨厌花粉,对不对?"

我想了想,说:"可能吧,反正梧桐树一飘毛,我的嗓子就发痒。"

"这就对了嘛。别担心,吃吃药,回去睡一觉就会好的。"

五

八个小时后,我从床上坐了起来。客厅里正播放着一首舞曲,能听见鞋底慢速旋转的摩擦声。我有些庆幸地发现,头不疼了,大脑受伤的感觉也消失了。被汗水浸湿的内衣紧贴在皮肤上,它让我回想起出汗时的阵阵恶心。我觉得健康已经允许我抽一支香烟了,想到已经过去的种种烦恼,心情放松了许多。烟未吸完,妻子推门进来了。她嚷着要我赶快把香烟掐掉,说在客厅就已闻到了令人难受的烟味儿,说着"砰"一声,双层拉窗被她推开了。马达声、夯桩声、说话声、自行车的链条声一下从窗外涌进来,把屋里的宁静淹没了。

"你能不能让我安静一会儿?"

听到我有气无力的抗议,她转回身不禁有些好奇地看着我,像想起了什么。

"五分钟,就开五分钟好吗?"

也许是有点痒,她把脚趾按在地板上擦了两下,脚尖动作明显残留着舞感。直到这时我才发现,她右手拿着一只削好的苹果,上面有孩子留下的细小的牙印。可能觉得自己的做法有些过分,她逗孩子似的,摇着苹果向我走过来。

"你吃不吃?"

"不不。"我摇摇头。

"你现在有什么不舒服的感觉吗?"

"没有。"我又摇摇头。

"伤口缝得怎么样?"

"还好。"

"我帮你看看,好不好?"

绷带足有一米多长,她把头凑近那个在头发上剃的大洞时,惊叫了起来,"天哪,怎么会这样?缝得歪歪扭扭的,跟狗啃的一样。"

为了增加亮度,她打开了床头灯。很快,她得出了结论，如果那家医院不是草率了事，便是医术低劣。她说就凭这个我也应该让那人赔钱。

"我们不谈这事了，好不好？"被她一说，一种不可名状的不安从我心底油然生出。我迎着她那让我有点烦恼的表情，补充道，"那对夫妻态度很诚恳，我真的不好意思再去纠缠他们。"

"好了，好了，我知道你这人在家里难缠，在外面倒挺好打发的。"说完她把脸转向房门，"你知道吗，我们女儿已经能按照舞曲的拍子迈步了。""是吗？"我若有所思地看着妻子，好像并没有听清她的话。

六

七天后，我去那个门诊部拆线。我边走边冒着冷汗，就像脚上长了一个鸡眼。妻子的说法又让我的神经高度紧张。她说医生一定会掀掉伤口外面的那个坚硬的黑痂，保不准我又得受罪。

门诊部的气氛依旧宁静，让人对这里的一切不易设防。我扫视了一下急诊室里的一张铁床、三张椅凳、两米长的台桌、一部电话，选择了那张打针的高脚凳。小赵略显紧张地双手抱拳，面部竭力保持着镇定。护士长刚掀了一下黑痂，我疼得大叫起来。也许是为我考虑，她决定不动那个黑痂了。急诊室的电话突然响个不停，屋里没人去理睬。我一时受了干扰，心烦起来。小护士怀疑黑痂中间的白点是线头，护士长拽了几下没拽动，就放弃。小护士有些性急地说"让我来"，自告奋勇地操起了止血钳。小赵不安地看了我一眼，使了个眼色给小护士。他说："别再折腾人家了，估计不会有线头了。"

"是不是回去搽搽碘酒，就不用再来了？"看到护士开始收拾器械，我马上如释重负地吐出一口气，想到最后的痛苦已经过去，心里感到了一丝宽慰。

也许对以后不会见面的景象有点惋惜，我从兜里翻出了几张名片。我说如果年底需要挂历可来找我。他们拿着名片，羡慕又惊讶地看着我。

"怎么，你们真的就成朋友了？"护士长的眼里充满了惊疑。

"只要伤口好了，成为朋友也未尝不可。"

对我的话，小赵显然十分感激，他宽慰地笑了笑，转身去药房给我拿碘酒。

"你是本地人吗？"

"不，是湖北人。"

"哦，湖北。我丈夫当海员以前，我们在那里待过。不过你不太像湖北人，不不，我是说长相不太像，不过都有讲义气的毛病。不不，我不是说这有什么不好。其实我丈夫也是这样的。"

"他这次出海多久了？"

"半年了。"

"那你们平时怎么联系呢？"

"以前他到一个港口，就给我发一张明信片，现在他也很少发了。"

她若有所思地打量着我的名片，"你真的是经理吗？看上去有些不像啊。"

"是是，其实我干的就是伙计的活儿。"

"那也比在这里养老有意思吧？！"她的语气急切又无奈，好像心底藏着一个未了的宏愿。她把名片放进口袋的样子，让人觉得她为没有名片而感到低人一等。

"别这么想了，我倒愿意来你们这里养老。"

"你瞎说。"她不太相信地看着我。

我张了张嘴，欲言又止，同时感到了背后的一阵风。小赵进来时，似乎情绪高涨，他告诉护士长，刚刚听说他的副高职已经拿到了。从他俩的谈话中，我得知他们都在为转业做准备。护士长已入中年，现在她祝贺小赵的每一道笑纹，好像都带着法官的矜持。

也许她没料到小赵会拿到比她高的职称吧。

我和小赵在飘着厕所臭味的走道中告别。护士长站在急诊室门口,用放心不下的口吻唠叨着,"看来你们真成朋友了,是吧?!"

七

对妻子不肯在周末熨衣服,我时常感到恼火,她则抱怨挣钱的事我没干成几件。有时整个周末我们是在争吵声中度过的。她会把我干的所有事情,一件件搬出来数落。有天,她又数落小赵这件事时,我忍不住摔了东西。这件事情突如其来,也许是为了证明什么,她在泪水中坚持让岳母查看了我的伤口。我站在镜子前面,摸着一个多月仍未脱痂的伤疤,心里平添了几分烦恼。

"你儿子那次缝针,八天就全好了,你看看你……"言外之意,我在自食软弱的恶果。我的嘴里好像又泛起了吃药的苦味。

她惯常在争吵后,以沉默来对付我。让我在沉默中感到时隐时现的内疚。那天晚上,风声很大,我睡不着,在黑暗中徒劳地瞪着双眼。我不知道伤口究竟出了什么问题。

第二天，我迫不及待地去了那个门诊部。这次我没有惊动急诊室里的人，直接去了楼上。小赵不在，据说出差了，不过他的一位同事一眼认出了我。很快他发现了问题所在："黑痂被一个线头拽着。"他大大咧咧地对我说，"忍住噢。"镊子一下刺入黑痂，扯出了一截一寸长的羊肠线。头上一个月以来的轻微的隐痛，马上随之消失了。

我跟着一位中年男子出来时，如释重负地看了看天空，心里再次涌动起某种激动。现在我可以把心思放在公司将要举办的一场露天晚会上了。

八

这座城市夹在丘陵与平原之间，天气说变就变。晚上为看晴朗的星空打开的窗户，早上就会被雨水弄得一片狼藉。我被为露天晚会选日子弄得焦头烂额。气象台的预报与实情多数相反，但我也不能自作聪明地以为，可以反过来理解天气预报。有一天，连我也看出了鳞状云的吉兆后，有几分放心地走进了理发店。我决定剃个光头，把被医生弄得可恶的头发彻底剃掉。当时，我插在兜里的手还抓着姜片，据说拿它在光头上擦，能催生头发。

别看理发师是位小伙子，可手艺绝佳，他首先从头顶刮起，几刀下来，我就活脱儿成了一个"朋克"。他的刀子快如闪电，掠过新疤时，我顿时感到了尖而短的刺痛。我马上大叫起来。理发师有些委屈地停下来。我惴惴不安地打量着镜子里的头皮，它白青如荔枝肉仁，光可照人，确实没有一处新伤。我只得向理发师道歉。不过，他帮我用姜片擦头皮时，我又感到了刺痛。

回到家中，我反复打量和触摸那道白疤，不得不相信里面确实有玻璃残渣。这个念头马上令我沮丧，也心烦起来。我似乎没有脸面去亲口告诉妻子。那天晚上，我当着妻子的面给小赵打了电话。接电话的是他老婆，我抛弃了以前温文尔雅的做法，向她发泄了我的所有怒火。惊慌失措中，她的声音发抖，几乎恳求地告诉我，她丈夫马上就回来，他会妥善处理好一切。放下电话，妻子没再提索赔的事。她只是觉得这家人不懂事，我养伤期间他们一次也没上门探望。对这个事实，我无法反驳，甚至觉得也十分在理。

第二天，我怀着算总账的心情去找他。我们事先约好了在市立医院见面，他带我到那里的外科去会诊。那天寒风凛冽，老远就看见他身着白大褂，不停地跺着脚，在医院门口神色不安地恭候我。结果，我路上想好的那些发难的话，一句也没有用上。

他认识的老医生，把我们带到了外科主任跟前。主任的脸刮得铁青，从那居高临下的口气，我意识到了他在那里的权威。他摸了我的疤痕后，马上去洗了手。他说我的猜测是无稽之谈。他马上搬出了理论，反正，即使头皮里面没有玻璃，他的理论照样能对那尖而短的刺痛夸夸其谈。我一时被弄糊涂了，只好请求他再看一次。也许是小赵的那件白大褂起了作用，他不耐烦地答应了我。结论和第一次没有什么两样，然后他以起身洗手的方式催我离去。

医院门前有一个小广场，我和小赵在那里站了许久。他想不出如何解决这似是而非的问题。他说实在不行，只有再做一次手术，重新打开伤口。这个建议似乎对我起到了恐吓的作用，我马上放弃了要查个水落石出的想法。

即使怀疑头皮里有玻璃，这一次我也没开口向他提出赔偿，他的表情吓坏了我。自责中，他又苦思冥想。他说他可能中了护士长的一个圈套。以前他得罪过她，如此简单的手术却发生这么多麻烦事，会不会是她有意报复？是不是她想害他赔钱？不过，他马上又说，他请同事们来帮忙，出了麻烦事，他自己也处于哑巴吃黄连的境地。

既然他是另一位受害者，我便打算让护士长的阴谋落空。我对他说，我不会让他赔钱的，至于头上有没有玻璃，就随它去好了。

九

事过很久，大约半年吧，我似乎有点恍然大悟。从这件事里，好像看到了几个不诚实的迹象。我越来越怀疑，市立医院的会诊、护士长报复的说法，是让小赵脱身的一个圈套。也许妻子惯于对付这种人，一开始我就该听她的。也许这一切不过是臆想，是为头上的那片似是而非的玻璃编造的动人故事，是我精神出现问题的不祥之兆。

只有那尖而短的刺痛，像吃饭一样真实，偶尔出现，梳头、洗头、挠头不小心就会碰到那个痛点。只有我相信，这是头皮里的玻璃正在作怪。不论在酒店、家里、白天或夜晚，它带给我的刺痛，马上会让我陷入对那件往事掂量的云山雾罩中。

© 2001年3月5日

凶案意写

我不是案件合议庭指定的调查人，但孔弑双亲案见报的当天，我就受多家报社的委托，成了媒体寄予厚望的调查者。他们不在乎我为报纸工作的时间有多长（或多短），只在乎我家与案件的发生地只有几栋之遥。以常备不懈的职业敏感作推测，他们认为得天独厚的距离优势会使我更接近真相，或者必定对从那筒子楼后面的小洋楼里发出的隐隐约约的尖叫声有所耳闻（尽管我怀疑会不会有尖叫）。固然，报纸主编们已经摸透了公众的心理，所以对即将在公审法庭上出示的罪证，他们倒显得十分淡漠。对他们来说，谋杀者听到自己父母惨叫时保持的良好心态，才是他们竭力想探究的一个谜。我被要求带着这个谜，开始调查工作。我清楚我的调查并不会影响法庭进程和审判结果，至多它影响的是另一种历史：南京本地的公众心理史。我不准备把调查的材料以及诸多的传闻，编成一个完整甚至完美的故事，我宁愿保留它们原有的粗糙和错位。越到后面，小标题下的内容，可视作对整个案件轮廓的补充，当然读者应记住，补充可以无限添加，这取决于将来调查者对这起凶案的兴趣，或读者自己对这起凶案的兴趣。

起因

孔是臭名昭著的"考试互助会"的一员，他们用捏耳朵、抛纸片甚至叩桌子的方法在考场上相互传递信息，他一共帮过别人十次，得到别人帮助九次。所以凶案发生前的那次英语考试，仅从收支上看，他也摆脱不了抄袭别人考卷的嫌疑。"考试互助会"成员通常坐在考场后排，颇有些群魔乱舞的味道，每个舞蹈动作都有所指，把暗号词汇发挥到了俚语的水平。

英语老师以干练著称，操着清朗又自傲的牛津腔，决意要给"考试互助会"成员以痛击。他的眼睛高度近视（这是后来引起争议的焦点），他感觉阶梯教室倒数第二排（也许是第三排或第四排，他已经患了十几年的低血压抑或昨晚的一次力不从心的房事让他的视觉有些恍惚）的那个人抛了一张纸片，孔在试卷被他按住时，立刻站起来申辩，地下的纸片不是他的。但英语老师认定作弊者就是孔，他想他不至于傻到去找"考试互助会"的其他成员证实。他当场记下孔的考试编号，没收了考卷，并在考卷左上角用红笔画了一个0。期末放假，孔拿到成绩单，英语考试成绩那一栏果然填着零分，不过是宋体印刷的更加权威的"0"。

父亲问孔要成绩单，他屡屡撒谎说没发。当父亲的不认为这是区区小事，他设法了解到一点真相。他准备和孔严肃地谈一次，头天晚上他想好了谈话内容，并告诉孔谈话时间定在元旦举办的盛大晚宴之前。但接下来不久，凶案就发生了。

时间

由尸体中发酵的胃确定的动手时间非常精确：1999年12月30日19时左右。虽然罪证确凿，但对萌生罪念的时间跨度众说纷纭，无法确定。法官对罪念的时间起源的确认非常教条，基本沿用历史主义。法官确定孔出生时的1975年10月12日凌晨五点，为罪念的起源时间。他出生后做的每件事，都是为这个最后的总爆发积蓄罪恶的能量。当然，我调查的是另一种起源：自从一颗彗星差点撞上地球（它最终撞上了木星），世纪末的灰色情绪便在居民区播散开来，电影《大碰撞》为这种情绪推波助澜；在这个不足两万人的大学区，已经发现了十名艾滋病患者；人们迫不及待地想了解马氏预言书中关于世纪末灾难后的那一页（尽管那一页并不存在）；各家医院验指血的消毒漏洞至今没能引起传媒注意（案发前五年，孔就通过这个消毒漏洞染上了难以治愈的乙肝）；中国足球队的恐韩症再次暴发，又一次与世界杯无缘，输球当晚，孔把自己心爱的足球烧了；孔不会不知道，已经流传了几千年的本命年有大灾的说法，孔属兔，作案这年是他的本命；孔自懂事起就被告知，家里有大半现金是用他的名字存入银行的；孔唯一的姐姐出嫁时，拥有万贯家财的父母，仅花五百元买了一台单缸洗衣机做嫁妆；案发前五个月，孔发现他父亲在实验室的备件仓库里藏有一辆本田豪华摩托车。

地点

案件的发生地孝陵卫有些特别的历史，血腥蛮力的日本人在这里折腾了八年,据说走时在紫金山脚下的这块凹地,埋了许多神秘的物质。宋美龄去汤山洗温泉浴之后的那个年代,许多不尽如人意的变化,都被人归咎到大家猜测的这个源头,事实似乎不胜枚举:许多教授至今居住的房子是以前日本人的马厩,一大片迷人的橡树林到了七十年代突然枯萎死光,肥硕的水老鼠居然在学校大门后面小山上的密闭水塔里繁衍,一位教授被从研究日本炸药的密闭器里泄漏的冲击波夺了性命,走火入魔的气功师为取出腹中的丹果开膛破肚,莫名其妙猝死的先进工作者,从七楼双双坠楼的孪生兄弟,乳腺癌高发区……后来一桩盗枪大案更加深了居民的这种印象,盗贼被擒住后,居然找不到自己埋枪的地点,按照当时的刑事惩罚条例,十七支五四式手枪足以判他死刑,事情非常蹊跷,他记忆中的那棵白玉兰树下,根本没有他埋枪时掘的一个一尺深的土坑,谁也不认为他会冒死说谎,后来,他被从宽处理,成了第一个该死而没有死掉的人。直到现在这个孔弑双亲案的发生,为先前的诸多变化增添了新的内容。它是否是人们口头创建的那个源头,导致的最血腥的结果?抑或它是上述变化的一个终结?

罪行

他那天干得干净利落，动手前他把自己在厕所里关了一个小时。他当时的表情现在无从构建，被惶悚、憎恨以及来自梦中的令他大惊失色的闪电所交织？他把两手蜷抱在胸前，手里暗暗攥好了麻绳。他在过道停了几秒，决定了先杀谁。也许对母亲的生育之恩有所感念，他让憎恨先把自己带进了父亲的房间。父亲躺在床上，不会想到这是他临终的时刻，被麻绳勒住脖子的一刹那，他或许以为这是发生在梦里的谋杀。父亲没来得及哼一声，脚踢蹬几下，就不动了。孔看了看自己被勒红的手掌，惊讶自己用的劲儿会这么大。他不敢在尸体面前多耽搁，连续杀人的勇气，像一只漏气的气球在收缩。窗外呼啸的风声掩盖了他走进厨房的脚步声。母亲刚把生菜倒进锅里，一根麻绳就套上了她的脖子，直到她的脸呈酱紫色，孔才松手。他把尸体拖回卧室，面对死去的双亲，心里反倒没有了刚才的恐惧。

他把房间收拾干净，像过节一样，在桌上摆满了各种色酒。晚上八时，他的朋友蜂拥而入，来参加他组织的狂欢聚会。谁也不会想到，那个镶着饰条的大衣橱里和有着舒适的软牛皮斜靠背的床下，会分别藏匿着一具尸体。这是他第一次在家里组织晚会，没想到感觉会这么好（为什么他没有父母的感觉会这么好？）。有人吹着口琴，带着颤音的拉丁曲调让一个女孩神魂颠倒，她用下身蹭着孔的手，做了几个猥亵的动作。他喝得酩酊大醉，但头脑异常清醒。他第一次发现，自己有控制大局的才能。他大声说话，使玩笑不断，让喧闹的晚会一直持续到天亮……他送走朋友后，又回去睡了一觉。

中午十二点，远处的车铃声把他惊醒。他打开橱门，又钻到床下看了看，意识到事态的严重性。他找出父亲以前出差用的地图，在国境线上寻找着可能的出口。他带上所有找到的能取出钱的存折、一个装有两套衣服的黑色旅行皮包、一副墨镜、一顶棒球帽，出了门。他乘上北去的一列火车。车过徐州时，他看着飘在空中的黑黝黝的煤尘，心里忽然升起一种不祥的预感……

逮捕

一周后的那一天，尸体被人发现。手握五四式手枪的人挤满了整个楼道，气氛很吓人，从窗户和门冲进去的两路人马，差点在昏黑宽敞的居室里火并。两具尸体已经开始腐烂，恶臭飘散到各个房间。一个穿着皮夹克像是头目的人让大家往回撤，留下三个人在房间里埋伏。尸体被撤退的人用毯子裹着搬上汽车。这是这个辖区派出所头目的最后的机会。在接连几个奸杀大案毫无线索、大丢脸面、他的地位岌岌可危的情况下，这个不费吹灰之力就能侦破的重案可以拯救他的仕途。三位警员在黑灯瞎火的房间里猫了半个月，仍一无所获。命令改成在户外的汽车里远远监视，三个人轮流值八小时的班。

一天夜过三更，患有失眠症的小组长忽见房前的水杉林里闪出一人，蹑手蹑脚进了孔家。正在附近医院吊瓶子的所长立刻得到消息，他二话不说，拔针就跑。不到五分钟（他们头一回这么敏捷），几十个拎着五四式手枪的人，又一次把宅第围得水泄不通。佯攻方向的人假装敲门，所长带着另一路人马破窗而入。警员撂倒孔后，接二连三地死死压在他身上，给后面进去的人造成孔在反抗的假象。直到有人嗅出满屋飘着的淡淡的煤气味，才知道孔想自杀。自从孔在国境线屡次被边防军和猎犬的影影绰绰的暗影挡回后，他就沮丧地产生了这个念头。

所长兴高采烈地押着他，似乎他杀人越多，对所长的处境越有利。值班警员在案情报告中大肆渲染所长抱病参战的英勇行为（其实几十个持枪者与一个手无寸铁者之间的力量对比，谁都一目了然），列了一份参加围捕的警员的名单，然后就在办公室欣喜的氛围中等待上头的明令嘉奖。

父亲

他的老家在开封附近，据说至今在开封城里还能找到他祖辈以前住过的房子，门前的两个石墩的图案有些特别，大致与犹太教有关。不过到他这一代，可供辨认犹太血统的依据，只剩下了他的那只鹰钩鼻子和开阔的前额。对此，有不同意见的说法很多，他只取对自己最有利的。他没有当年犹太人移居汉域时的恐惧，相反他比土生土长的汉人更自信。他的神态就像是犹太神耶和华授予他们这一旁支在汉域坚守而功业彪炳的一枚勋章。当年，他们都有一头卷曲的黑发，和体臭，现在他与其他汉人貌似兄弟，胳肢窝下的那点儿狐臭也不足以引起烦恼。不过稍加留意，便可在他的行径中辨出犹太智慧。别人刚酝酿发财，他已经敛积了大笔钱财。他从不露出贵重的金器、珠宝、首饰，以免遭人觊觎，但他逛金银珠宝店的欲望却像一个农民暴发户。他无须像自己的祖先那样在大街上开钱庄，采取漫长迂回的赚钱方式（喜欢走捷径的基因多半来自汉族，我之所以热衷于种族分析，无非想说明"汉族"从来就是一个"混血"概念，尤其像杀人越货这类恶行，更是世界各族人民共同努力的结果）。三十岁那年，他从大学讲师升为副教授，从此开始了挪用研究经费的冒险生涯。

他博学多识，令人眩晕的口才远近闻名。即便一只蚊子被说成大象，不少人仍会对他表示理解，好像人们聆听的是一个难以把握、歧义无穷的古代智慧。鹰钩鼻勾勒的专注神情，更减少了听者的几分怀疑。专管拨款的某某基金会成员，如果担心他夸大其词，只需跟他到城区的男女暧昧的夜总会逛一趟，拨下来的研究经费仍会不断加码。慢慢地，他的周围聚集了一批唯命是从的人。他令他们畏服的武器是沉默。为争宠（他的沉默加深了手下人之间的猜疑），他们钩心斗角，他暗自窃喜地看到两派势力的出现，为压倒对方，双方都拼命替他鼓噪、捧场。在这帮弟兄的周旋下，他的一项至今也没完成的研究，顺利通过了同行鉴定。他又花几千元，把自己列入了《中国名人辞典》《名专家小传》《中国精英库》等。他们及时把可供炫耀的材料向四方投寄，终于引发了一股媒体竞相报道的热浪。后来我找到因为内讧被撵出公司的一员干将，从下面这段话，我们对他的做法可见一斑。

"工业大亨与他商谈前，心悦诚服看过了他的喽啰们呈上的报道他事迹的大量剪报、鉴定书及荣誉证书等，所以每回轮到他商谈时，都很顺利。大亨们随手一画，就签给他十万百万的巨额支票。钱一到手，马上一分为二，小部分投向不知名的为经费困扰的研究所，督促他们限期拿出给大亨演示的样品，大部分则转移到另一家开在上海的私营公司。他们反复采用这种手法，甚至经常摆出研究经费不够，试验无法进行下去的架势，迫使对方追加资金。他们深知，打官司并不会为大亨讨回一分钱。这样他们几乎明目张胆地骗取了大笔钱财。公司内对这种做法稍有看法的人，都被争斗双方同仇敌忾地排挤出公司。"

这员干将以前经常以孔的叔叔的身份，出现在丰盛的家宴上，孔特别羡慕这位叔叔会玩一手好魔术。离开公司后，有人看见这员干将和孔有过一次接触，至于究竟谈了什么，双方至今不肯透露。

母亲

她是一个谨小慎微的人，夫唱妇随。芝麻大点儿的事都可能使她落泪。可以想象，孔对她下手时，因为这个原因会更狠毒，不然他就会从她的眼眶中，看到她留在人世的最后一滴眼泪。她在派出所户籍处登记的民族是汉族，其实她被父亲告知是畲族，她爷爷年轻时全国横行大汉主义，为了避免被歧视，迫不得已改了汉装。后来她爷爷拎着鸟笼遛鸟的悠闲怡然的模样，比汉人还地道。我想透露的是，与她丈夫不同，她总是为自己的畲族血统惴惴不安，她们族内的争斗与纠纷（她爷爷以前向她聊起的），在她眼里比西部的盗马贼还要虚幻。她坚持不回福建东边的那个山区，她决心让她的下一代在意识上成为真正的汉人。当精明、骄傲的血脉和诚实、谦卑的血脉交汇时，是否爆发了孔僭越了亲情的加害父母的大汉情绪？

她的书桌右上角，毕恭毕敬摆放着一本《旧约》，我们可以据此认为，这是她向古希伯来人和身边的丈夫表达的一种敬意。对汉人，她还保留着她爷爷那一辈的惶恐不安，与犹太人刚来汉域时的惶悚没什么两样，可以预见几百年后，她的后代的骄傲、自负最终会胜过土生土长的汉人。需要经历漫长岁月才一点一滴积攒起来的汉族意识，在一代人身上突然爆发，是否就导致了这个谁也无法预料的恶果？她曾像汉人一样，跪遍山寺，求佛赐子，向遇到的每个功德箱投进大把硬币，谁想到冥冥之中她求来了亲如骨肉的"杀手"。

孔

当年，他的邻居玩伴"胖子"率领二十人与校外小镇的一群小地痞鏖战时，他是战战兢兢的旁观者。他在墙头露出惊恐的眼睛，随时准备往回跑。战斗中有人用了匕首，倒在地上的是"胖子"这边的人。衬衣被刀刃劈开，伤口从右肩一直划到左腰，鲜血直淌。"胖子"想把受伤者交给孔送医院，自己率人去追肇事者，却见孔撒腿跑了。从那以后，孔见到血就头晕。他不再观看血气方刚的街头斗殴，一有战事，他就把自己反锁在房间。这对他后来杀害父母的方式，有极大影响，他使用了一根吊腊肉的不见血便能置人于死地的细麻绳。

他从小就被告知，父亲的公司等着他去接班，但父亲规定，合格的继承人最低限度必须大学毕业。他花了三年时间才考上大专（拿到本科文凭的路途不知还有多漫长），学海无涯，他对自己的怀疑越来越深。有一次，他逃了一天课，去郊外的树林里苦思冥想。印象中的夕阳比往常要早落。他在山脚下的湖边喝了一肚子水，带着支离破碎的想法回到家中。然后等着他深感恐惧的另一天的开始。他发现，他从没有对任何人提过相反的意见。连父亲阻止他接受异性的礼物都无话可说。不管是否愿意，他一直在顺应着父亲的世俗哲学、母亲的折中主义、老师的貌似权威的告诫。有一次，他梦见了一个完美的人，西装革履，长着他的相貌，和一个原始人打了一架。天上雷鸣电闪，下雨前，前者被撂倒在地上，被刀抹了脖子。躺在地上的人直喊口渴，原始人就用手从淌着血的脖子上掬血喂他。他醒来时，感到头晕目眩，嗓子像挨了一刀似的火辣，原始人究竟代表什么，他在《析梦辞典》中一无所获。

姐姐

她的看法以前没法跟弟弟交流（现在也只是试图交流而已），有一阵子甚至以为弟弟和父母是一丘之貉，只会加重自己出嫁前的失败感，自从弟弟带着更大的失败锒铛入狱，揪心的场景便从那一刻起令她泪眼恍惚。家中找到的对自己和弟弟不利的证据，被她付之一炬。她一口回绝了法庭让她做控方证人的百般请求（法官准备把这个案子的合议庭办成可供其他法院观摩、学习以及公众受教育的典范），她用丈夫轻而易举赚来的钱请了一位名律师，自甘当了辩方的证人。

每周一次，她被允许去狱中探望弟弟。还没走进监狱大门，斗篷下的双肩已瑟瑟地发抖，泣不成声。孔一脸既蔑视别人，也蔑视自己的样子，比凶案发生前还沉默寡言。有时我在想，他是不是把姐姐的痛苦"破译"成了潜在的欢乐？既然五百元的嫁妆以及从前和弟弟在一起的生活被她认作失败，那么即将到手的万贯家财是否被她视作了胜利的巅峰？孔自己也清楚，除了死刑，法庭不会给他其他出路，公审不过是走过场，它将被办成电视竞相转播的大众受教育的课堂。姐姐不会不知道自己势单力薄，并无回天之力，莫非从姐姐的哭声中孔还感到了莫大的耻辱（姐姐悲痛的疑点和她以前仓促嫁人的疑点一样多）？

结局

公审在有着廊柱和拱门的市法院大楼里进行。法官落座后，迫不及待把控方证人一一传唤出来。控方出示的谋杀现场的照片、验尸报告、孔的部分日记（孔为姐弟俩在家中遭受不同待遇时的打抱不平，被当作凶案源远流长的历史动机之一)、财产凭据等,为阶梯大厅里的观众描绘了一个穷凶极恶的恶男形象。孔的姐姐等到最后才上场,在她之前,她父亲痛恨的那位变节者自告奋勇当了辩方证人。部分天真的观众以为这将会成为整个公审的高潮,并不知道这是公审行将结束的标志。不到一个小时就草草收场的法庭辩论,使期望值甚高的观众又跌回到现实中。第三天,所有小道消息都被证实了,法院在公审前已内定孔死不可赦。

孔被插上斩标,押赴江心洲刑场的那天,我没去凑热闹。与孔一样,我有血晕症,只能坐在家中,对着窗外的林子设想那场面:为了收尸,他姐姐不得不痛苦地捂脸立在一旁,等待仿佛是射穿自己心脏的那一枪。枪声响后,一只鸲鹆从林子里冲天飞去,成为灵魂升天告慰他姐姐的一个象征。

他死时的表情无足轻重,就像他短暂的一生已在法官的预料之中。变化的是律法、动机,不变的是罪行或"是否是罪行"(比调查前更大的一个谜)。

◎ 2000年2月29日

梁彭别传

耿海英的《安清史编》，蔡少卿的《中国秘密社会》，两本我想不起作者名姓的《袍哥探密》《梁门旧话》（最近一次搬家途中，被两个搬运工顺手牵羊拿走了），帮我打发了无数个恍惚、无聊的下午。这些书给了我一个中国盒式结构的印象，最里面的那个小盒便是帮头老大。整个大盒被置于码头、窑子或租界区，公片、宝札、红片（相当于我们现在的身份证），一套江湖切口，辈分最低的帮会成员，以及据说是从《海底》（诸多传闻指认这本书是郑成功亲手编撰的，原书名《金台山实录》。1683年清兵提督施琅进攻台湾时，郑成功的孙子郑克塽将它装入铁箱，沉入海底。后来台湾战争有了转机，有人将它打捞出来，利用它记载的规章制度重整抗清队伍，从此它又得名《海底》。)承传的帮规、仪式，构成了最外层的盒壁。这里外的层层盒壁并非如缔造者设想的，可以做到滴水不漏，因为最有可能撕开盒壁的是帮会内讧和帮会之间的无穷无尽的厮杀。当然面对诸如明争暗斗、处心积虑的倾轧或马失前蹄被人"种荷花"（沉入江中）的事例，与其无谓地重复贬斥帮会的陈词滥调，不如从不慈悲、不忠诚中得到对向善、忠诚的理解。本质上讲，帮会初衷的演变与政治家理想的演变，遵循的是同一条道路。即使这样，帮会的不同凡响的智慧还是给人留下了毫不屈辱的印象，恶中向善，善中向恶。我相信当代帮会的智慧处在大大的衰退中，就像过去由风水术造就的普通乡村的民宅，比现在最有钱的乡村的民宅还要耐看百倍。以下我要谈论的梁彭，似乎把故事又送回到帮会最初的主题——爱国主义。但它肯定不是我的故事想要着力表达的。

渔翁得利

1917年对他来说，不会有我们这样明晰的感觉，那时公历尚未使用，《圣经》谈论的公元并非国人认同的开卷有益的起点。他既不喜欢旧朝，也不喜欢民国。如果可能他愿意把宋江起事的年份，定义为他心中的公元。这年他三十岁，历史学家谈到他这之前的生活时，都免不了把他当作一名彪悍打手的错误。令人难以置信的是，从没堂堂正正打过一架的他，这年突然把持了屯州的十六号码头。事情的起因是，他在一个叫"双龙"的小帮会面前（他预感到一场两败俱伤的鏖战）放了另一个叫"金花"的小帮会的坏水。气急败坏的"双龙"帮率先挑事，打死了"金花"帮一名收运费抽头的小喽啰。气得七窍生烟的"金花"帮，在屯州郊外的荆河边上叫板，摆开了和"双龙"帮决一死战的架势。

那天仓促应战的"双龙"帮成员抱着没有把握的心情赶到荆河边。二十来个中分头、身穿黑短衫、手操大棒、腰别匕首的打手，用白酒灌红了眼后，直扑对方。很快，血溅洒在野花、龙须草甚至矮树上。"金花"帮凭借涂了毒药的带刺的大棒，两度把"双龙"帮逼到河滩，但"双龙"帮里两个舞着大刀的山东蛮汉把这个不利的阵势打乱了。即使是患了肺痨的人，见到这棒舞刀劈、毫无退路的场面，也会勇武异常。这个消息正中屯州警方的下怀，那天他们故意不赶到现场。战到天黑时，空地上横陈了十几具尸体，各帮头目均倒地气绝。这肃杀的场面使剩下的人从酒中醒来，对开仗胜负失去了兴趣。第二天，警方大喜过望地赶到荆河边，从草地上凝固的血迹，他们大致判断出两小帮均元气大伤。梁彭自告奋勇当了双方的调解人。他使剩下的人意识到，开仗的错误与警方都是毁灭帮会的元凶。当务之急是把两败俱伤的各帮合成一个新帮会，以防被警方乘虚而入。不知所措的蛮夫们急需一个精明过人的首领，不费吹灰之力，他就当选了新"红"（也许是为了纪念河滩之役流的太多的血）帮的头目。

小恩小惠

上任伊始，他对老帮旧制作了改革，主动减低了来十六号码头停泊的商船交的船头费、运费抽头等。新规刚实施时，帮内议论纷纷，对主动降低收入的做法不理解，可是不到一周，闻讯赶来停泊的商船就增加了近两倍，反倒使"红"帮收入大增。这件事巩固了梁彭在帮内的地位。为了不招致其他码头眼红，他又劝说大家抽一份码头费给赫赫有名的王庚。那时王庚的势力已经扩展到妓院、烟土行、渔市、黄包车行等，无论是官道还是黑道都畅通无阻。见到梁彭送来的码头费抽头，王庚并不嫌弃多寡，倒觉得此人做事落门落槛,遂与他交了朋友。又过了几天,王庚招梁彭到府上,建议把"红"帮并入他的已经有三千人的新帮集团。他打消梁彭的顾虑,告诉梁彭,合并只是一种形式,十六号码头的利益仍归原"红"帮成员,他这样做是为了堵其他码头的口实。梁彭感激涕零地退出王府,一块石头从心头落地。后来十六号码头的商船停泊数达到了极限,梁彭的事业似乎也就止步不前。帮内开销越来越大,收入并不见涨,弄得梁彭身上只剩下一件值钱的绸缎棉袄。

顺水人情

1919年冬天,王庚默许新帮集团内的孔旗与英租界的郑领开仗,争夺屯州最后一块飞地的烟土提运权。王庚没有给梁彭下指令,只是希望如果可能,他可以力所能及地从侧翼配合孔旗。对河滩之役记忆犹新的梁彭,深知这些弟兄是他吃饭的饭碗。到了开仗那一天,他嘱咐弟兄们寸步不离地待在十六号码头,独自一人去了出事地点。双方不断赶来的骑着自行车、提刀握棒的打手,使场面混乱不堪。警察拎着警棍在街角远远地瞅着,不敢上前阻拦。这两个大帮会开仗的消息,使警察局长坐立不安。因为任何一方战败,都意味着他的红包收入要减少一半。梁彭站在警察后面,被码头开阔地上飞舞的棍棒、大刀,不时传来的惨叫声吓蒙了。打到快天黑时,梁彭发现戴着棕色礼帽的孔旗被人砍倒在地上。他瞅准了间隙,窜进码头,把孔旗背回家里。他及时请来医生,为了支付医药费,不得不典当了身上唯一值钱的绸缎棉袄。孔旗伤愈后,感激涕零地称他为"梁爷叔"(他的年龄、辈分比孔旗大)。后来他毫无愧色地接受了孔旗手下弟兄的奉承。他们问他打倒几人才夺得孔旗,他故作硬派地伸出三个指头。

平步青云

码头一仗,受了伤的孔旗大获全胜。郑领及其手下俯首帖耳地归顺到王庚麾下。英租界的烟土提运权到手后,王庚责成孔旗成立了专门销售烟土的公司。他从《海底》中找到一个有力的词,定名为洪门公司。孔旗办事细致缜密,为了烟土买卖一路畅通,他忽然想到了梁彭的表叔卢永,一个刚升任浙江督军的实力派少帅,屯州正好属于他的辖区。孔旗对梁彭早年被逐出家门、在表叔面前说不上话的情况,一无所知。但梁彭装模作样,让人觉得他是一个值得重用的新人。孔旗在王庚面前大力举荐，渲染他的军方背景，王庚终于动心了。任命书是在富丽堂皇的巴洛克风格的世界餐厅宣读的，被懵懵懂懂叫去吃晚饭的梁彭，当时感到一阵喜出望外的眩晕。他对自己从码头小头目一跃成为洪门公司副经理的突如其来的好运，简直不敢相信，也不太适应。

落井下石

每月月末是洪门公司的分赃日。几个难得一见的头面人物，会在东亚饭店一个有着希腊廊柱的会客厅里聚餐。王庚的后台老板，巡捕房头目恩图，会发表一篇动人的演说词，然后从预先放在一个牛皮箱的赃款中，拿走最大的份额。后面的王庚、恩图的译员刘生、孔旗……都照此作一番表演，只是各自按等级拿走的赃款数额大相径庭。这是后来洪门公司矛盾丛生的导火索。每月月中，王庚会另找理由来提款，以弥补月末分赃数额的不足。孔旗通过译员刘生，向恩图通报了消息。王庚的手下又从大街小巷听到了王庚是"扒灰老大"（指与儿媳关系暧昧）的各种传闻。一时间帮内秩序大乱，恩图不得不重新考虑巡捕房监察长一职的人选。王庚从孔旗那里得不到支持，便来找梁彭，被他婉言回绝了。王庚不知道他正打着落井下石、联孔倒王的如意算盘。眼看王庚的监察长的交椅岌岌可危时，山东发生了一起劫车案。劫匪把从济南到淄博去的二十三名旅客扣作人质，向省府漫天索价。劫匪知道，省府不会置人质中的一位法国神父、两位美国妇女、一位英国绅士于不顾。这件事后来由王庚出面摆平。他早年的青帮背景起了作用，他找到山东响马出身的青帮大字辈于奎。于奎动身那天，风声提前到达匪巢，劫匪鸣金收兵，释放了人质。消息传回屯州，各租界的"倒王"派像炸了锅，王庚的威信马上如日中天，他几乎不得不昼夜应付各租界头目为他开的各种奢华的庆功会。恩图见"倒王"派大势已去，遂撤销了更换监察长人选的打算。

另有图谋

1937年，日军大兵压境，国民政府机关纷纷后撤。孔旗据说是拿了蒋介石的手印，请王庚和梁彭去香港。王庚那年七十有余，似乎谁也驳不倒他不离开屯州的理由：体弱多病，不问外事。梁彭对王庚在屯州树立的教父形象，一直在梦中神往，平时待人接物也尽量模仿，只是他无法知道其中的破绽（他后来死于一个更大的破绽)。他自认不是打手(这点他单靠惧怕就做到了),内心的悲苦还在于他一直期待着改变帮会领袖的新的命运(他甚至设想在姘妇的数量上,也有朝一日能超过王庚)。现在他期待已久的时机终于到来。他直截了当地回绝了孔旗,当孔旗拿手印压他时,他竟火冒三丈。我手头一本姜克著的《中国帮会漫话》(《梁门旧话》一书也大同小异)中记载了他俩当时的一段对话:

孔旗见他死活不肯,便念起往日情谊:"无论如何,我们要一道走,老弟兄了,不论生死,我们都要在一起。"梁彭听后勃然大怒道:"自从前几年,为了181号(即福熙路181号大赌窟),你和兄弟闹过一架,本来我们打定主意,从此你走你的阳关道,我过我的独木桥。我们不妨来个'萝卜青菜,各有所爱',你孔旗爱开银行、办工厂,当那摩温、首席绅士、议长、会长,十七八个董事长,你尽管去当。我呢,我爱洋钿、发财,我还是做我的'土',做我的'赌'。等到国民政府回来当家,新生活运动一来,'土'跟'赌'都做不成了,我就在租界上小来来,赚到了钱,小乐惠,赚不到钱,我回家啃老本。孔旗,你说这样不是很好吗?"

那天孔旗被他说得哑口无言，黯然离去了。汪精卫筹组伪政府前，曾秘密赶到屯州，宴请王庚。日本军官佐藤从酒宴伊始就在一旁监督。王庚列席了一会儿，扔下一句"我老了，不中用了"便离开了酒店。后来周佛海受汪精卫之托，又到王庚家，请他出山当屯州市市长。假装卧床的王庚，以一摞病历打发了来人。消息传到梁彭宅邸时虽然已经走样，但他心中大喜。王庚的畏首畏尾，在他看来不是值得效仿的清高，而是天意以及他将荣任帮会老大的有利迹象。后来他怀着"大任降于斯"的荣耀，与日本特务头子土肥原勾勾搭搭。为了探明孔旗在屯州的秘密势力，他动用了土肥原手下的三百名特工。孔旗多次派人捎话，劝他悬崖勒马，他的所作所为已经构成对帮会和国家的两重背叛。每次梁彭都用日本军刀为自己辩护，把使者推到院子里，砍下首级。

并非口祸

《梁门旧话》中着重提到梁彭的一个平淡无奇（除了有点时髦）的认识：高薪养忠。对这种认识可能演绎出的危险，他安然无觉。李怀是他的贴身保镖，自然是这种时髦认识的受益者。李怀枪法奇准，能射中抛向空中的银圆、五十步开外扑克牌的爱司的红心。1940年8月14日，一辆黑色小汽车驶进梁彭宅邸，李怀上前开门，来人是梁彭的老友，杭州锡箔局局长张景。李怀把张景领上楼，下来时他又主动递烟给开车司机。两人海阔天空地聊起来。大约一支烟的工夫，两人突然争吵起来，越吵嗓音越高，大有一发不可收拾之势。

梁彭听到楼下的争吵声，十分生气，他把上半身探到窗外，厉声训斥。李怀则一脸愤愤不平的样子，为自己辩护。梁彭见手下不分场合地纠缠，更加恼怒。他索性辱骂起李怀的祖宗三代，终于把他的这个高薪保镖激怒了。李怀撩起短衫，拔枪就射，子弹不偏不倚正好从口中穿入。梁彭到死都不会想到，李怀已被孔旗收买。张景待了几天为梁彭守灵，他的心情的复杂程度我们难以揣摩，他是否为内疚所困，或由此联想到孔旗交给他的下一个使命？

© 2000年3月16日

十七岁的愚人节

父亲对我失去信心，是从我搬走母亲的那只樟木箱开始的。那只二十多年前的樟木箱，漆面依旧亮光可鉴。母亲就是带着它以低微的身份，嫁给在铁路工作的父亲的。因为避忌自己的地主出身，母亲执意要嫁给铁路工人。虽说早有思想准备，但母亲还是对父亲的业余爱好大吃一惊，几把挂在墙面的二胡、吉他，让她不胜欣喜，即使父亲喜欢的都是些悲苦的曲调，它们还是为婚后的生活增添了几分意想不到的色彩。

樟木箱里装着母亲的私人物品，除了干净的旧衣服，箱底还有漂亮的银镯、铜鞋拔等，以及她虔诚地念念有词时手捻的菩提念珠。我之所以萌生要搬走这只箱子的念头，实在是因为这是家里最大的箱子，我需要用它来运走满屋的书籍。父亲觉察到我想放弃铁路上的工作后，脸上愁怨的表情明显添了几分怒气。他开始限制我读文学书籍。愁叹之余，又劝导我，至少也应该像姐姐那样，自始至终守着铁路上的那份工作，别把文学当成可以填饱肚子的米饭。"实际情况就是这样的！"父亲拍拍屁股站起来，他背对着我，但把牙齿咬得嘎嘣响。接下来我惊恐地发现，我丢得满屋满床的书籍正在减少。在那个不平静的周末，我去附近的皮罗寺求了一支签。那天求签的人不多，大家都耐心打听别人是什么签。我拿到那支"下下签"后，马上从人群中逃了出去。我一口气跑到皮罗寺门外的小山坡上，呆望着寺院墙上的"南无阿弥陀佛"几个手刷的大字，六神无主。我坐在石阶上，剧烈的心跳没有丝毫减缓。这支预示我将大祸临头的签，在我反复揣摩中慢慢显出了明晰的含义：我不能继续待在家里！我和父亲都过分鲜明的性格，最终会因为文学发生一场可怕的冲突。大概受了这支签的启发，我不再满足于家里的暂时平静。

我把樟木箱里的物品倒得满床都是，屋里就像遭了偷盗一样凌乱。我和请来的朋友拼死拼活，总算抬动了那只装满书籍的樟木箱。到了室外，清凉的风吹在脸上，都无法收敛不停流淌的汗珠。那天，父母为了即将来临的清明节到街上买纸钱，我趁他们不在家悄悄上了路。身上虽然没有多少钱，但感到彻底自由了。我尝试在朋友家里住上一段时间，他是个会把烟灰缸、书籍、搪瓷杯、钢笔等常用物品，自始至终保持在原来位置上的人。他是我中学的同窗好友，有一份我父亲都羡慕的好工作，他在连港旅行社当导游，唯一的嗜好是同时和几个女人周旋。他不说我也清楚，他的理想是在每个城市都拥有一个情人。他成天要跑周庄、杭州、西递村……没有多少时间待在家里陪伴孤身一人的母亲，他巴不得我长期寄宿在他的家里。

据说我出走以后，父亲把斥责倾泻到了母亲身上，怪罪这是家里过于民主的结果。母亲不得不焚上几支印度香，为在外面的我祈祷平安。父亲是不会满足于成天拿着笤帚到处掸灰，生一生闷气的。他有一副招人喜欢的英俊形象，铁路上的同事似乎都愿意给他披挂赞语。我有所抵触地搬出家门，等于给他脸上抹了黑，他发疯似的动员同事朋友和我姐姐，四处寻找我的藏身处。自从我搬走了那只樟木箱，我就没有去铁路上班了。十六岁那年，我顶替退休的母亲到了检修车间，望着几盏亮着的昏暗的灯光和潮湿油腻的地面，我感到自己并不属于这个单位。清明节那天，我和朋友沉浸在酩酊大醉中，过后我给单位领导寄去了一份用词温和的辞呈。当轮到父亲向别人解释我的行为时，可以想象到他都讲了些什么，但我不能忍受他会这么跟我姐姐讲。一天，我忍不住到街上的电话亭，给姐姐的播音室打了电话。她刚到播音室不久，话筒中甚至能听到她虚弱的喘气声。她患有乙肝，身体一直时好时坏，每天她从地处郊区的家里赶到车站，都会感到体力不支。在朗读枯燥的列车车次、时刻表的间隙，她完全靠阅读诗歌获得一些乐趣与慰藉。她给了我最初的文学食粮，后来她那痴迷文学的倔强情绪，我也能够理解了。

我能想象她高扬着好看的双眉，想问个水落石出。

"这到底是怎么回事呀？"

"没什么，反正我早晚也会走到这一步的。"

"父母对你有什么不好吗？"话筒中能听见她衣服的摩挲声。

"没对我不好，我只想不受干扰地读书、写作。"

"唉，都怪我把你引到了这条路上。"她的声音听上去有些自责。

"这哪能怪你呀？我感激还来不及呢。"

"你会回来吗?"末了,她小心翼翼地问道。

"不回去了。"我生怕她会难过,嗓音就像在树梢上旋荡的风声那么轻。

我有些低估父亲的聪明了,我暗自等待着风波过去,等他厌倦了到处打探我的消息。其实从他自己把五线谱学会,拉出像样的曲调后,我就该对他的能力有所警惕的。当有一天,他微笑着闯进我的朋友家中,站在我的面前,我惊讶得都说不出一句话来。他表情温和地扛起那只沉重的樟木箱,让我为自己多此一举感到了一丝内疚。父亲以前抬过铁轨、枕木,他肩背的肌肉至今还可以派上一些用场。我跟在他身后,心里惶悚不安。我的头发还散发着昨天洗发香波的气味,我效仿我的朋友天天洗澡,已经有十来天了。他家装了令我羡慕的电热水器,不像我家连卫生间都没有,上厕所要到十来户人家合用的茅房,每天洗澡当然成了奢望,考虑到花销,家人只能每周一次,去一里外的公共浴室洗澡。

见了我,母亲大哭了一场,好像她要说的话都变成了扑簌簌的泪珠。我怕母亲寻死要泼,紧张得嗓音都变了调,以前她就是这么惩罚我的。她知道,能够持续几小时的号啕大哭,会掏空我心里的委屈,我当然会避免下次再犯。父亲破天荒地宽恕了我,他没有再抡起那条臭名昭著的牛皮腰带,它上次留在我屁股上的印痕至今尚未褪尽。令我感到意外的是,那天过后,家里一派平和,父亲不仅容忍我彻夜看书,也不催促我去上班了。除了偶尔跟姐姐聊聊天,去散发着潮湿的青草清香的田垄走走,我更愿意留在自己的房间里,浏览《山花》之类装帧奇特的杂志。我的钱大半都花在了这些奇奇怪怪的书刊上,它们带给我的内心的波澜与震撼,难以描述。面对父母的好奇,我除了咧嘴笑笑,似乎也没有别的方式可以沟通。那段相安无事的日子,至今令我难以忘怀,我好像体会到了家里给予的莫大自由。父亲突然间变成了礼仪周全的人,他小心翼翼地对待我看的书、说的话,不再当我的面说"到地里干活,也比在纸上瞎写要有意义"之类的话了。

有一天,我早上起来得很晚,为了看完《疯癫与文明》,我熬到凌晨三点。当太多的阳光直射到脸上,我终于醒了。有一趟列车驶过萧庄,又掀起了一阵喧嚣声。我躺在床上不想动,又暗自思忖,我这种男子之所以凝神屏气窝在家里,不过是在等待干大事的时机,时机一到我绝不会推迟行动的。天气微寒,我穿衣服的动作很慢,老觉得房子在晃动,跌跌撞撞地来到客厅,遇见了父亲的两个客人。他们坐在实木长椅上,已经有好一会儿了。空气中飘着葱油煎饼的香味,让我的胃涌起一股食欲。父亲对我真是日益呵护,那天他亲手为我做了爱吃的煎饼。两个客人笑眯眯地打量我,不时交头接耳,好像对我表现出很大的兴趣。父亲态度温和地告诉我,他的朋友在城里当医生,今天正好开车路过萧庄便进来坐坐。不仅如此,他还向我介绍其中一人也爱好文学,想请我进城去他的书房坐坐聊聊天。我简直有点受宠若惊,大概习惯了父亲过去对我的抱怨,我结结巴巴,不敢相信父亲的恣惠与鼓励。我的脸色顿时绯红,胡乱为自己找着开脱的理由,"那样太打搅你了吧,要不我改天再去拜访你,今天上午我还想去洗澡呢"。

"嗨,这个好办,你可以到我们医院浴室去洗澡。"

"是啊,今天正好有顺路车,你跟他们进城去玩玩吧。"父亲在一旁温和地鼓励道。

我被他们说得心花怒放,连忙进屋去找换洗的衣服,情绪亢奋得让我头晕目眩。果然不假,他们的车子停在不远处的铁道道口前。我是第一次乘坐这种面包车,表盘上迸发出的幽绿的荧光煞是好看。从车窗向外看去,车子沿着洒满阳光的林荫道驶向城里,路边有些地里的庄稼稀稀拉拉的,好像户主已无心种

141

地，盼着有公司前来购地似的。过了一爿寺庙，车子进入了闹市区，天空泛起的雾霭几乎笼罩着市中心，街上打扮入时的人流，像从发霉的雾霭中长出的一朵朵鲜艳的蘑菇。

车子驶到升州路折向南，向外城河的方向奔去。驶了不到十来分钟，路两边的房子变得稀稀拉拉的。又是种着时令蔬菜的田野，让我产生沿着原路回去的错觉。出了城车子开得飞快，一会儿就超过了前面的几辆大卡车。最后，它离开平坦的大路，驶向周围只有花草和树林的小山冈。碎石路的尽头，有一片幽寂的灰色建筑群。车子开到主楼门口才停下，他们嘴角报着甘甜的笑容下车了，用手亲热地拢着我的肩膀。这里大概是一座疗养院，周围都是穿着白大褂的医生和护士。又过了一道铁门，我看见了许多穿着条纹号衣的充满好奇的面孔，有人歪着脑袋，打量我的目光脆弱又不礼貌。他们带我来到办公室门口时，我回头瞥了一眼铁门，顿感不安。铁门不知什么时候在我身后悄然关上了，那把挂在铁门中央的镀铬大锁格外扎眼。我马上指着铁门，问他们为什么要关上？他们敛起笑容，相互对视了一下，然后直勾勾地凝视着我。

"知道吗？你父亲把你托付给了我们医院。你病了，现在需要治疗，希望你能配合我们。"

"我病了？这不是胡扯吗？我得了什么病？"我有点失控地冲着他们大叫起来。

"冷静点，冷静点，有话慢慢说。你精神上确实有点障碍，相信我们的判断，你在这里会得到彻底治疗的。"说完，那个自称爱好文学的医生居然莞尔一笑，露出一排整齐又洁白的牙齿。

我如梦初醒，被父亲谋划的这件事惊得目瞪口呆，我连忙回头仔细打量那些神情有点异样的病人，心里骤然涌起了恐惧感。我马上产生了逃跑的念头，我徒劳地冲到那扇铁门跟前，脚踹手抠，弄出了咣当咣当的大声响。我心急如焚，整个大厅充满了我一个人的咒骂声和叫喊声。转眼间，几个身强力壮的年轻医生靠近了我，他们用绳子捆住了我的双手。为了让我喊不出声，又在嘴上扎了一条毛巾。不知他们从哪儿随手抓来的一条毛巾，上面散发着熏人的汗馊味儿和狐臭。怎么说呢？这条肮脏的毛巾几乎要了我的命，从小我就遗传了母亲的洁癖，这股恶心的气味让我呕吐起来。发酸的食物被毛巾挡在嘴里，差点让我窒息。我越是绝望地用眼神请求他们把毛巾拿出来，他们越是满腹狐疑地看着我。最后，我的身子向下一沉，倒地晕了过去。

醒来天已经擦黑了，我发现自己躺在有五十个铺位的大房间里，其他病人都好奇地围拢过来。我身上的衣服也变了样，穿着和他们一样的条纹服，胸前绣缀着"３８号"的字样。这里的四壁是那么洁白，没有我想象中的污点垢斑，过了几天我才知道其中的缘由。周围不乏朝气蓬勃的人，但很少有我这么沮丧的。望着病友帮我打来的晚饭，我完全没有心思下咽。这里的窗户都罩上了拇指粗的不锈钢栅栏，除了看看天色、透透空气，谁也别指望从窗户逃出去。

天黑以后，我一直躺在床上，心里彻底失去了平静。后来有个戴眼镜的小个子，手里拿着一本书，凑过来跟我说话。他看上去像个饱学之士，身体羸弱，眼珠子大概是因为看书都有些向外凸了。他一开口说话，便给了我些许震动。

"别灰心，尼采还不是个疯子？！你看现在有谁不敬佩他？"

他的话向我展示了精神病人鲜为人知的另一面。他的谈吐，说话时从容不迫的神态，让人无法把他与这座精神病院联系起来。

"我看出来了，你也是个读书人，看书总比闲得无聊要好。"说完他把手上的那本书递给我，是村上春树的《舞！舞！舞！》。

"如果你还需要，我那边还有别的书。"手上没了书，他有些不知所措，双手不停地相互揉搓着。我好奇地朝他铺位的方向瞥了一眼，看见了一张最为凌乱的床，不少书籍散落在皱起的被子和床单上。大概他一直没碰到可以谈文说书的知音，似乎为我能加入精神病人的行列，感到由衷的高兴。但我的表现有些失礼，他感到的愉快让我不能认同，我不愿意把自己的名字列在他们的花名册里，显出同病相怜的亲密。与真正的精神病人过于亲热，会危及我作为正常人的信心和尊严。我咬着嘴唇，偶尔用点头来表示我在听他唠叨，免得他过于尴尬。

房间里几乎没有多余的摆设，看得出是为了防止病人自杀。其他病人对我的好奇心过去后，屋里又弥散着孤身独影的气氛。我对父亲的怨恨无以复加，后来变成了彻底的轻蔑。他闪着一丝笑容来看我时，我拒绝和他见面，他做的事在我看来已经不可饶恕。尤其我在十七岁生日那天接受电击治疗后，用温湿的毛巾捂着脸时，这种情绪达到了高潮。我悲痛地接受了父亲给我的这份生日礼物。电击过后很久，我的脸颊还在发烧。那个电击的盛大场面实在太可怕了。那天吃过早饭，我就发现情况有些不对劲，医生让念到名字的人都到楼上的一个大房间去。我以为又是每天例行的运动治疗，只是对改变场地和不让所有人参加感到有点疑惑。等到医生手拿摇铃让大家安静下来，我看到其他病人都娴熟地坐到一排座椅上，二十几张嘴巴几乎同时张开了。医生拿着电极从紧靠窗户的那边开始，电极在病人嘴里塞进拔出，几次下来电极上就挂满了长长的涎水，被阳光一照，涎水像冰凌一样耀眼生辉。

我坐在那排椅子中央，看到那只肮脏的电极正在向我靠近，胃里马上荡起了波浪。我强忍着恶心的感觉，大声抗议道："你们为什么不把电极弄干净？我们又不是猪。"手拿电极的医生用余光瞥了我一眼，继续干他的活，根本不把这话当回事。其他病人则满不在乎地继续张着嘴，还有人幸灾乐祸地向我挤眉弄眼，似乎觉得我的抗议完全多余。我愤怒至极，最后站了起来，就是不肯衔住那只电极，上面挂着的十来个人的涎水，让我根本张不开嘴。没想到这里的风气那么坏，虽然对病人不利，但其他病人也都乖乖地顺从医生。看着几个年轻医生把我强行按在座椅上，他们都伸长了脖子打量我，脸上却挂着与医生共鸣的表情。我的牙齿几乎被掰出了血，电极塞到嘴里的一刹那，我感到了强大的电击。霎时间，我的眼前有了美妙的画面。飞舞的花瓣，闪射的星光和华美的服饰……我终于平静下来，沉浸在我都不敢相信的喜悦中。到了下午，头脑清醒后，我徒劳地跑到厕所呕吐，试图呕出流进胃里的十几个人的涎水。

医生规定每天要服的药片有三四种，我都偷偷扔进了厕所里。有一天，我没想到有人会悄悄尾随，当我把药片扔进马桶的一刹那，他大叫了起来，马上跑去向医生告状。他当然受到了医生嘉奖。这件事很快传遍了病房，小个子悄悄过来提醒我，我会受到医生惩罚的。果然不出所料，第二天，我被迫接受了单独的电击治疗。直到这时我才知道，除集体电击治疗外，医生把单独电击治疗也作为对病人的惩罚。如果有谁显得不安分，或在房间乱涂鸦，或拒不接受治疗，或企图寻机逃跑，医生都会用电击好好"招待"他。没有人关心他们是不是一个人。对医生来说，病人的主观想法没有丝毫意义，此外，他们也不需要毫不惧怕、怯懦的硬汉。

从窗户向外看去，院墙上架着高高的铁丝网，阳光照得见铁丝的锈粉，它们在山间画出了一道鲜明的界线。大概为了防止有人逃跑，院墙内没有一棵树，那些麻雀、八哥只好落在院墙外的浓密的枝丫上。这里没有户外活动，窗前的院子里时常一派寂静，只能见到一两位打扫卫生的临时工和偶尔路过的医生、护士。病人已经习惯在聚灯光下做健身运动，自从我来了这里，医生没让病人出去过一次，好像风雨袭来，或万里无云，是病人不应该关心的。我们成天在这栋楼里打转，感受不到时间的推移，那些凌驾于我们之上的指令，只会让大脑渐渐被麻木所占据。但我不愿认命消沉，多么希望像一片叶子，可以随风逃遁。我的不幸这里没有人能够理解，只有逃到外面，我才能重新找回做人的感觉。

每当天色大亮，我就开始留意那扇大铁门。我发现，医生每次经过铁门，都会把门敞开十五秒左右。每次望着敞开的铁门，我的心都剧烈跳动，霎时间，涌起一股莫名的喜悦。其他医生与铁门的距离，是我能否冲出去的关键。但很多时候恰巧门边都会站着其他医生、护士，就算我瞎跑一气到了门边，也会被他们扑倒按住。我只好转念作罢，眼巴巴地看着医生过了铁门把锁挂上。没等到我发起一次像样的冲刺，我们便接到要去街上的公共浴室洗澡的通知。这个消息让我悲喜交加，原来这个医院没有浴室，连骗我进来的诱饵都是假的！同时我的心又沸腾起来，在人多的街上拥来挤去，我会有更多的逃跑机会。

到了那天，我才意识到，我们身上的气味儿有多难闻。我们分几批乘坐囚车样的中巴车，径直到了浴室门口。其他澡客见了我们，都情不自禁地捂着鼻子往后退。事态有点出乎我的预料,出门前我们的双手都被绳子捆上了。看样子不进到大池里,他们是不会把绳子松开的。下车的短暂瞬间,我看清了所有医生和护士站的位置,我装模作样地跟着其他人往门里走,脚刚踏上台阶,便突然转身,瞄着一个空当冲了出去。我撒腿飞奔,期待能快点钻进街上熙熙攘攘的人群里。直到这时我才明白,他们把病人双手捆起来的目的。双手被捆的人,无论如何也跑不过摆动双手追赶的医生。没跑到街边,我就吃了一记扫堂腿,"哎哟"一声栽倒在地上。

我当场被剥夺了洗澡的权利,被两位怒气冲天的医生押回了医院。我被强行加服了药,几口水灌下肚,他们不放心地掰开嘴巴又看了一遍,防止我再耍什么花招。没等他们向我告别,我已经有些迷糊了,几乎倒头就睡。我是第一次服用这么强劲的药,一下睡了两三个小时,醒来时其他病人都兴高采烈地回来了。我浑身散发的气味,似乎让他们更幸灾乐祸。

"你看你撒腿就跑,不是太难为医生了吗?你能说一说,他们对我们有什么不好的吗?"我的邻床是个大高个儿,比我早进来半年,以他惊人的顺从当上了模范病人和小组长,估计他领了医生的任务跑来劝我。我没有吭声,样子就像自个儿在祈祷,明白在他面前胡说，比在医生面前胡说还要危险。

一连几天，我感到有些纳闷，预料中的电击治疗始终没有实施。难道医生想试一试我的觉悟，让我免予电击治疗了？那几天，我坐立不安，内心紧张地等着医生的惩罚降临。我一丝笑也没有，眼帘整天耷拉着。我不是首次犯了禁忌的人，据小个子说，这种事已经有一年多没发生过了。医生的电击成效的确有目共睹，听到医生的脚步声，病人都有些诚惶诚恐。我很佩服这些病人在这种生活中还能找到乐趣的本领，即使有人反复唠叨过去的旅行见闻，大家听了还是会感到心满意足，不觉得有让他停下来的必要。说来奇怪，我进来后，没有发现有谁发过疯病，大家除了各司其职，干点打扫卫生的活，成天脸上都笑盈盈的。我认为病人正受到毒害，小个子却不以为然。他让我坐在铺着丝绸被面的床上，竭力使我相信，我们真的是病人，没有被家人遗弃，相反，家里每月要向医院支付高达两三千元的费用。他说的这个数字，在我耳朵里回荡了半天，最后我吃惊地望着他，完全说不出话来。

进来后第十三天，母亲第一次来看我。她大概是瞒着父亲带来了几本书和十来听我喜欢吃的凤尾鱼罐头。她看见病房里收拾得干干净净，脸上露出了满意的神色。这里的确没有蚊蝇，到处都是呛鼻的杀虫剂的气味，没有哪个病人会担心对身体有什么不好，他们毫无顾忌地把杀虫剂往床下、纱窗上大量喷洒。可能在他们眼里，我反倒成了懒于搞卫生的人。我强忍着眼泪，恳求母亲相信，我是个心智正常的人，待在这里等于坐牢。

"你忍着点吧，过段时间你就会适应的。"

"我没有病，你们干吗要花这么多的钱把我关起来？！"我扬着嗓门质问道。

"小声点，你这话说得多难听啊，我们也是为你好呀。"

"我知道这不是你的想法，你能不能跟爸说说情？就算我求你了！"

真是荒唐，他们的收入不高，却省吃俭用攒了钱来让我坐牢。我的眼泪夺眶而出，双膝"嘭"一声跪在地上。母亲连忙把我往起拽，眼睛不安地打量着四周，可能我冲动的举动，让她觉得丢了丑，她的神色又惊讶又尴尬。

"快别把自己弄成这个样子，好吗？我答应你，去跟你父亲说说看。"

她把手伸向我的脸颊，用尽量柔和的语气安慰我。顺着她的肩头望去，我发现有个熟悉的身影远远跟在母亲后面。是他！我当然记得，那个自称爱好文学的家伙。如果不是狭路相逢，我都快忘记对他的憎恨了。他的神色没有一丝内疚，目光也不回避我，就像凝视他的一件得意的作品。他佯装若无其事的样子，一下激怒了我。我冲过去的时候，谁也没有反应过来，等到母亲惊慌失措地把我抱住，我已经一拳把他打倒在地。他躺在地上，鼻血直流，丧失了反抗的能力。这一拳打掉了我以前窝窝囊囊的形象，后来见了我，他都戛然驻足，不敢贸然向前。

那天母亲很没面子地离开了医院。我被医生扯耳朵架手臂地，弄到了电击治疗室。我徒劳地伸长脖子，想看一看出了医院的母亲，但越过窗沿，眼睛只见到了浮泛着光辐条的一片蓝光。出了电击室，我平静得都有些软弱了。我开始为这个举动后悔，原本想说服母亲领我出去，这个举动反倒让她觉得我真有些疯癫。想到托她说服父亲的希望没有了，我只好把目光继续盯在那扇铁门上。

大高个儿大概又领了任务，来找我谈话的。他转动着牛眼似的水汪汪的大眼睛，让我为这双眼睛错生在男人身上，感到惋惜。他养成了打小报告的恶习，有着兄弟般的表面温情和尖嘴灵鸟的眼神。我总让他放心不下，这是真的。也许和他几年的交情，都经不住医生一句话的怂恿。我一向不在乎他说了什么,我做着深呼吸,可能他以为我听得入迷。"你谈过恋爱吗?"他期待地露着傻兮兮的表情,我像一块白铁皮反射着他的目光,一声不吭。我怎么会告诉他——这只羊群中的狼呢?"啊,我知道了,你看你都脸红了。"我尽量把目光投在他身后的那堵白墙上,忍住了他自鸣得意的调侃。不到十分钟,他就没什么教诲的话可说了,然后唠叨起这个月的活动安排。他不经意提到周五有领导要来医院视察,我不禁心头一亮。我不能只幻想着逃出去,必须有所行动,想到领导视察是一个良机,我的脸上露出了罕见的笑容。

周五那天,我们吃过早饭后,被召集起来集体训了话。起先大家都安安静静,不敢言笑,医生似又觉得不妥,忙让大家放松点,可以在屋里自由活动。窗前渐渐站了许多人,他们眼巴巴地望着楼前的院子,等着领导的轿车开进来。为了不过于显眼,我拉着小个子到门厅附近聊起天来,手上装模作样地拿着一本书,试图麻痹医生和护士的视线。我边听边用余光瞥着铁门,静候时机,越来越听不清小个子在说什么。等到窗前响起一片喧哗声,医生提前打开了那扇黑亮亮的铁门,恭候领导驾到。铁门一响,我的心就提到了嗓子眼。"你怎么了?你感到不舒服吗?"我没有理睬小个子的问话,瞥见门外有几个西装革履的胖子,向大楼台阶走过来。开门的医生眼巴巴地望着门外背光晃动的人影,明显放松了警惕。

我逮住这个时机,纵身一跃,冲了出去。经过铁门时,我的身体碰到了门框,衣服被什么东西钩了一下。我没有丝毫犹豫,继续往前冲,刚要踏上台阶的领导,连忙为我让了道。我甚至听见了院子里临时工哗哗放水冲拖把的声音。我向往的那条山间石道就在眼前了,我与它只隔着一道院墙大门。奔跑中,那道电动大门正徐徐关上,身后传来了一片叫喊声和脚步声。院墙外的小鸟在啾唧鸣叫,令人心生遐想。我的鞋底感受到了其他人追来的微微震动,我甚至瞥见了山下的迷蒙景色。的确,那遥远的景色唤起了我的快感,虽然臀部跑得有点抽筋,但我仍有把握在大门合拢前冲过去。我的皮鞋发出的声音,已经被伸缩门的嘎嘎声盖过了,离门还有两米左右,我突然感到有条腿横到脚前,一下把我绊倒了。几只粗糙的手马上抓住了我的脖子和手臂。我试图挣脱,结果被几只手抓捏得更疼了。有个医生气得悄悄在背后踹了我一脚,嘴里斥责道:"你这个混账东西!"大概领导视察的欢快气氛被我搅和了。直到这时,我才发现自己受了伤,白衬衣钩破了,肚子上划了一道口子。一行人还没走到外科室门口，我的衬衣下摆已经被鲜血浸透了。

以后几天，我乖乖躺在病床上，没有精神挺住伤口的疼痛。我用一条干净毛巾把眼蒙上，懒得瞧周围的人，心里当然也为自己的失败沮丧。其他病人从我的行为中找到了心理安慰，他们开始用"傻跑"这个绰号来唤我。他们大概以为比我智力高明，为预见到逃跑的徒劳而沾沾自喜。"傻"字多少体现了他们一直想在我面前获得的优越感。小个子是病房里最博学的人，曾神情惨淡地跟我聊过他的遭遇，自从他老婆跟老板通奸的事败露后，他就精神错乱了。他感谢电击治疗救了他，让他发现了世上还有研读哲学这么美妙的事情。他始终想和我建立深厚的友谊，大概为我想弃他而去感到了遗憾。一连几天，他得了空闲就坐在我的床边。

"你还不相信你疯吗？你是我们这里最疯的一个，其他人都知道跑不出去，你偏要傻乎乎地试一试。"

"你干吗这么想摆脱医生呀？他们真的是为我们好。"

他进而提出了令我忌讳的建议——我与他组成一个哲学小组，他那有点外凸的眼睛的确给我留下了嗜书狂的印象。我没有答应他，他打算在这里长待的念头，让我心底泛起一阵恐惧。

医生再也没让我外出洗澡，其他人依旧保持每周去一次公共澡堂的习惯。我只好顶着寒气用冷水擦身子，免得身上散发恶臭，害上皮肤病。要是平时在家，家人早就用手掩了鼻，避着这种气味。但是这里医生的鼻子像塞了棉花，查房时他们可以一边问话，一边对我身上散发的馊味无动于衷。

我一向吃得很少，为了有足够的体力奔跑，我大嚼着那些叫人倒胃口的饭菜。我难以形容在食堂吃饭时的恶心。见到饭菜，其他病人好像摘了面具似的，有人把鼻涕哈喇子直接垂到饭菜里，有人用刚上完厕所的脏手，马上抓了饭菜就往嘴里塞。见到汤里漂着死苍蝇，他们用黢黑的指甲尖仔细把它拈出，然后泰然自若，继续沉浸在喝汤的快乐中。经历了两次失败的逃跑，我的观察变敏锐了，也明白了一个道理。医生只希望我们吃饱就够了，食堂为他们另开了小灶，饭菜始终比我们吃的要有营养，我只抱着逃跑的念头，却忽略了食物这个环节。没有不依赖食物的肉体，要比医生跑得快，必须比吃得好的医生吃得多才行。

只要一望见窗外的景色，我的心又加速跳动。春天有点凛冽的信风，只会强化我想逃跑的念头。我不顾条件是否成熟，又试了几次，当然都没有成功。每次我都被堵在大楼门前，甭说跑到大院门口了，他们提防我的方法十分奏效。我已经臭名昭著，牵扯了他们不少精力。对接受电击治疗，我也已经有点麻木了，甚至还很有礼貌地主动衔住那只从来不消毒的电极。电击时，我眼中的色彩实在太美了，恍如夜空璀璨的焰火。我从电击后的平静中恢复躁动的时间，也越来越长。

新来的院长就职后的第二天，母亲又来看我。她拎着一个塑料袋，里面装着几本书和罐头。她听说了我逃跑的事，脸上露着惊骇的表情。

"你到底是怎么了？"

"我待在这里早晚会疯掉的。"说着我给她看了肚子上的那道伤疤。她用手指触着有点隆起的伤疤，似乎心软了。

"救我出去吧，只有疯子才愿意待在这里。"

我的话说得很轻，没有以前那么响亮。她似乎鼻子一酸，连忙掏出纸巾来擦眼睛。

"求你行行好，救我出去吧！不然我总有一天会死在这里的。"

她脸上的表情明显在变化，嘴唇有点颤抖。

"你再忍几天吧,我马上回去找你父亲。"

她抬起头的一刹那,我从她的眼神中看到了一线希望。

没想到母亲翌日清晨就来了,她牵着我的手,坚持要领我出去。她那汗津津的额头,说明来的路上她有多急切。我异常兴奋,眼睛不时瞟着那扇可恶的铁门,生怕母亲会突然变卦。我跟母亲走进办公室时,明显感到了医生的不满。他用揶揄的口气对我母亲说,"你做的事太合他心意了。"他从办公桌后面露出胖乎乎的身子,满腹狐疑地盯着我。他无所顾忌地当面诋毁我,提醒我母亲,"他既疯又狡猾,你不能什么事都顺着他。"我把他的话当成一个伎俩,没有激动地抡起拳头,我一定要让母亲相信,我绝对是讲修养的。母亲最终没有被医生的意见左右,她拎着我的物品,带我走出了那两道令人神经紧张的铁门……

姐姐像别在黢黑的火车站上的一朵白花,纯洁漂亮,关于她的事我几乎忘了说,不过放在这里倒也合适。

她是顶替退休的父亲到铁路上工作的,为此中断了大有希望的学业。由于这件事情不是出自她的意愿,每当她回到家里,就像停止呼吸似的,雪白的脸上始终有一种冰冷的表情。父亲斥责我的时候，她也涨红了脸，我知道她想张嘴声援我，为事事顺从父亲感到了遗憾。她有过一次初恋，那是个比她大十来岁的男人，大高个儿，有着一副黝黑的脸膛。出于对姐姐的爱慕，我曾经跑到车站去偷窥他们见面的情景。我发现，姐姐也许爱意深切，在那个男人面前显得格外紧张。有一次，我被他们发现了，拔腿就跑。等到姐姐回到家里，我发现她满脸绯红，还处在不能抑制的兴奋中。这场恋爱持续了不到半年，但那个男人给她留下了怎样的阴影啊。如果不是姐姐发现他还在跟别的女人上床，他们的恋爱也许会一直持续下去吧。

自从我出了院，母亲真的允许我把樟木箱抬了出去。我起了跟父亲一刀两断的念头，母亲劝不住，只好依了我。我把装满书籍的樟木箱送到车站货运部托运，去了几百公里外的省城。我是静静地听着扩音喇叭里姐姐的朗诵声上车的。只有姐姐知道我住在省城什么地方。每次和她通电话，我就像把脸靠近花丛一般，会感到一股醉人的芬芳。有一天，我又接到姐姐的电话，她的声音尽管不高，但吐字清晰。

"我今天从家里搬出来了。"

"是不是有男朋友了？"我跟姐姐有血缘关系，这个事实一直折磨我，不然我肯定愿意当姐姐的忠实男友。

"你别瞎猜,我这辈子都不会再谈了。"

"家里……他们还好吧?"

"还好,就是妈的哮喘病又犯了,"姐姐说到这里变得吞吐起来,"我另外有件事情想告诉你。"

"我一直听着呢。"

"昨天……我把工作辞了,跟爸大吵了一架。"

"你把工作辞了?跟爸大吵了一架?"我用手汗津津地抓着那只话筒,有点不敢相信自己的耳朵。

◎ 2002年7月3日

良

民

一

那段经历，现在终于可以帮他说了，对他的子孙们来说，这个故事可能显得有些突兀。在经历了世事风雨之后，他的立场已形同一座垃圾场。当年参加过那场内战的人，如今健在的恐怕寥寥无几。他大概是湖北黄冈人，说大概是因为对不再编家谱的中国人，他的籍贯早已失去了旧时的威严，成为一个像《小王子》那样可爱的童话，不再承担庇护后人，或给他们谈资、骄气的义务。

1949年1月11日，他所在的国军军情五处开始撤退。那天处长客客气气的，他把带不走的资料一把火都烧了。他注意到处长的双手有些发抖。也许他把留下的生活，想象成了一首田园诗。从他所在的楼房窗口，能瞥见老虎桥监狱的空地上吊着几具尸体。他暗自庆幸自己的历史并没有什么不光彩的，即使他怒气十足时，双手也没碰过刀子或枪械，他只知道或听说谁射出的枪弹打中过叛徒或敌方干部。他是军情五处负责在报纸上发消息的文书员，不像其他特务要具有不可战胜的意志。业余时间他喜欢用文字干些企图名垂青史的事，记忆中的他还参加过莎剧《罗密欧与朱丽叶》的中文改编。演出时，他利用军情五处的关系，低价租用过一家小戏院的舞台。处长与他有所不同，处长早年打死过敌方干部，知道敌方特务可能会在哪里收拾他。

撤退的那天晚上，处长再次检查了五处的房间，面对遍地狼藉的燃烧后的灰烬，处长苦笑着对他说了心里话。

"你真幸运，没挤上这条相互仇恨的贼船。现在，我真高兴把你作为文书员辞退，愿你生活幸福！"

二

处长不再期待偷袭敌特联络处之类的小胜局，他为必须斗争到底感到了沮丧。平时在桌上支着双肘的日子，最要紧的是保持神情镇定。他无名指上戴着一枚钻戒，但不表示他真能安心。在设法监听敌特电波的时候，他老婆从背后捅了他一刀。他老婆情感丰富，跟一位美国佬好上了，他看得出老婆的情绪好得称奇。但她并没有变得柔顺以示歉意。霎时间，处长的内心发生了奇异的变化，他把敌军到来前抓到更多敌特作为对自己的惩罚。

一次，处长带着几名特务搜查了一家小剧院，当时演出刚进行到一半，他们摸到后台抓住了一名嫌疑犯。那名嫌疑犯头上戴着假头套，结果被他们识破了。在前台观众的热烈掌声中，他们悄然把嫌疑犯带离了剧院。处长给自己准备了咖啡，他想绷着脸皮审讯几个昼夜。嫌疑犯起先迈着怯生生的步子，到了五楼办公室，突然意识到窗户的插销没插，便猝然地向那扇窗户冲去，顷刻间，整个身子从五楼栽了下去。外面是电车叮当轧过的热闹马路，为了防止那人伺机逃跑，所有特务都将枪口对准了血泊中的跳楼者，像射击稻草人似的开了枪。

第三天，处长让他在报上登出了编造的故事。如果没有记错，报上是说一位演员遭黑帮绑架后，跳楼自杀了。处长交代这件事的时候，鼻音很重，当处长念出死者的名字时,他感到处长的鼻音里有一丝颤抖,好像对那个名字怀着与生俱来的敬畏。接连几天,处长都买酒喝得酩酊大醉,明显让人感到他的不安。有时,天色晚了,处长还在办公室里露着鄙视人的神情,一支接一支抽着香烟。的确,在军情五处工作的特务,没有什么行动能高枕无忧,都是在为自己的罪行清单添砖加瓦。过了很久他才知道,那位死去的嫌疑犯原来是处长的中学同学。

三

他嘴里嘀咕着:"愿老天饶恕他。"同时屏气祈祷,处长的手下人别从台湾来找他。那时,城里隔三岔五就响起鞭炮的噼啪声,又是某家公司的招牌披挂上了红绸带,一些人聚在公司门口为公私合营喝彩。话剧里已经藏不住影射和讽刺,他傻了眼,那些重现土改和公私合营的话剧,让他意识到,原来他熟悉的生活其实也隐藏着剥削。他原以为自己并无瑕疵,现在他靠房租的生活变得令人轻蔑。他发现居委会使用的语言令他心惊胆战,同时对无房者,居委会正投以慈母般的关怀。他的那座有些洋气的小花园,很快提上了居委会的议事日程。他们不大习惯它老那么空着，说空着没用实在浪费。居委会临时作出决议，让进城的无房者在花园里搭了几间油毛毡棚子。

一到傍晚，他不得不从拥挤的花园溜出去，跑到秦淮河北岸的那些戏曲茶馆。他当然不敢抱怨说，这些蜗居在花园里的人，败坏了他以前坐在花园喝晚茶的兴致。

一天，一位陌生的居委会成员爬上二楼来敲门，逆着楼道窗户的光线，他几乎看不清她的脸，她略带威严地说道：

"我想和你谈件事。"

她是新上任的居委会主任，一身摘了领章、帽徽的新军装，说明她刚从部队上复员下来。她避开他的目光，四处打量屋里的红木家具和摆设。挂在堂屋的吊钟刚敲过八下。

"你不能靠房租生活得这么富，你要找到真正有价值的生活。"

他对她的话并不感到惊讶，她是暗示别人对他家已经有气了。当进城的干部控制了整座城市，对富人的憎恨也随之弥散开来。奇怪的是，那会儿他心里居然想着另一些事儿，比如，再有几天工夫，他就翻译完莎翁的《麦克白》了。

"你应该做出表率，把租金降到公房的租金

水平。"

他若有所思地点点头,然后回答:

"感谢你的劝告,我不会让你们失望的。"

夜半三更,他感觉自己在幽蓝的梦中飘浮,踮着脚尖蹬过一片又一片浮云,等累得额头挂满汗珠,才发现是在演出《麦克白》的舞台上空。谢幕之后,剧院老板紧张地喘着粗气,把大把钞票塞到他手里。奇怪的是,他拿着钞票却显得十分淡漠,那么忧心忡忡。清晨醒来,他惶然地意识到这个梦的现实寓意。

随着倒马桶的粪车嘎吱嘎吱驶近,一直亮着的路灯都熄了,巷子两边的门窗纷纷打开来。大概因为拉粪车的人古怪,女人们倒马桶时都有些惶悚不安。

他扣好新定做的中山服的风纪扣,对着镜子注视了一会儿,也许他不再像是有钱人的样子。他在各家的堂屋飞溅着唾沫,满不在乎地说要减免房客的租金。房客们起先是惊讶,冲他咧嘴笑着,进而又打起了哈欠,说:

"现在的公房也就租这个价。"

回到家里,他如释重负地吐了口气,同时感到一家人的生活正在向社会底层迅速滑去。减免房租后,家里已经雇不起保姆,妻子恸声大哭后,终于说出了最动情的话:"别担心,还有我呢,我还想给你生个儿子。"她眼窝里闪烁着泪花，尽管谁也无法预料未来会是什么样子，但她的这个念头仍深深地打动了他。

四

儿子王小云出生时，妻子快要痛疯了。她忽地收住双腿，忽地又乱挥舞双手。当他用手按住她的双肩，她的脸上竟绽放出不正常的笑来。生孩子的过程既单调又充满血腥的惨烈。他趁时间还来得及，偷偷在走廊灌了小半瓶白兰地。当他以为她的肚子还在产房紧张地痉挛时，突然有护士大声喊他的名字，把一个染着血迹的白包袱塞到他的怀里。包袱是崭新的，里面有个蠕动着的小生命。孩子神气地昂起下巴，用盲人似的眼神打量着他。跟他一模一样，孩子长着短刃似的剑眉。也许是他的心情不佳，孩子倒成了他以后好几年的消遣物。可能怕挤压了孩子一身的嫩骨，他不知所措地端着包袱，直到妻子出现在病房。看孩子在包袱里咬唇瞪眼，妻子憔悴的脸上终于绽放出幸福的神色。

他去派出所给儿子登记名字时，看到花名册上密密麻麻地打着叉儿，估计那些是已经离开此地或失踪的人。老公安在懒洋洋的气氛中用指甲弹去烟灰，随便问了几个问题。老公安可能忘了几年前他来这里登记过户口,换了谁也不知道的新名:陈浮云。和上次一样,在老公安注视他的几分钟里,他心里紧张得要命。他用陈浮云埋葬了自己的过去,这个新名成了他杜撰的不招惹是非的另一个人,在这个新的世界应该有他的容身之地。

"他长得不像你,对吧?!"

"嗯,对……对,像他妈。"

老公安用劲儿在相片上压了个钢印,补充道:"像妈将来有福气啊。"

为了给儿子过周岁,妻子当掉了一对儿银手镯,打算准备一顿丰盛的晚饭。没想到吃过晚饭,妻子独自倚在沙发里偷偷抹眼泪。他硬着头皮,过去抚摸她的脸,她伤心得双肩瑟瑟发抖,哭诉着说,原来最老实的几户人家现在也不肯交房租了。"这都是怎么啦?我去收租金,他们却把我当要钱的乞丐,都对我翻白眼。"后来,他们相对无言地坐了个把钟头。为了让她好受点,他怂恿她吸一支香烟,并用转轮打火机给她点上。从此,她迷上了那种吞云吐雾的感觉,每天忙碌中嘴里也始终叼着一支香烟。他知道那是一种阴郁的满足感,当他去吻她的脖子,已经能闻到她浑身的焦油味了。

街上搬运工的吆喝声越来越引起他的深思。有时，他去捏自己胳膊上的肌肉，身体似乎充满去干体力活的冲动。是的，他不能老待在屋里听一位妇人的呜咽。租金没法收了，他觉得应该到码头上去试试运气。他皱着眉头计上心来，通过原来的保姆，接触到了码头的下层人等。有个卸沙队正好缺能记账又能干活的人。听说他要挣钱，妻子不由得喜滋滋的，眼里却噙着泪水，不停地嘀咕："伤心嘞，孩子爹，你真伤心嘞……"

卸黄沙主要在涨水的夏季，江边比屋里还要闷热。很快，他放弃了衣冠楚楚的着装，虽然身上还能闻到香皂的气味，他好歹还是露出了白皙的胸膛。有人对着他的白胸膛开玩笑，当他连肚子也晒得黝黑，大家似乎就忘了他曾有过白胸膛这回事儿。卸黄沙这种活儿格外累人，男女队友喝水休息时，就有人打呼哨，提醒大家找些低级趣味的乐子。那些闹剧不知是从什么时候开始的，反正成了队里的绝活儿。比如，某位女队友稍不留神，男队友们就会突然把她团团围住，然后趁乱扒她的裤子。这种闹剧开了头便没完没了，紧接着，某位男队友也会遭到报复。女队友们扒下他的裤子，甚至幸灾乐祸地用黄沙搓他那玩意儿。其他人像欣赏演出似的，乐得哈哈大笑。面对亵渎道德的事，陈浮云从开始时的不快也渐渐觉得有趣了。他羡慕地瞅着他们乱来，但从不上前助兴，那副神态就好像在说，你们是优秀的演员，我只是一位忠实的观众。也许是敬畏他有文化，其他队友从没在他身上打过类似的主意。

五

他感激处长真的把他当文书员，从没派手下人来打搅他的生活。除了财产有所损失，他和家人还完好无损。虽然他不能高傲地迈着步子，至少还能小心翼翼地穿街走巷。他感觉自己快要变成人民中的一员了。好家伙！有时看见公安扭送罪犯走过大街，他简直又被吓坏了，过了半晌还脸红心跳。

有年春天，他又受到了惊吓。一架从台湾飞来的侦察机给他带来了烦恼。报纸上说，一架老来袭扰的台湾侦察机被大陆击落了。照片上是飞机残骸和几具烧得焦黑的尸体。事实上，他被这张照片弄得心神不定，甚至皮肤都感到了一丝灼热。他没想到处长的名字赫然列在死者名单上。有好几天，他哭丧着脸，甚至害怕被牵连到这个事件中。

整整一个月，他很难恢复镇定，担着黄沙也不觉得累，心思总是飘到他惧怕的深渊里。队友们沉重的脚步声、呼吸声，甚至充满色情的小闹剧，都让他觉得是抓捕行动的开始。财产啦，金钱啦，小孩啦，这些成天挂在妻子嘴里的词，他回到家里也没心思理会了。妻子骤然觉得他的脸色不对，追问他哪儿不舒服，他总是怪里怪气地回答："别怕，我现在死了倒好，死在你前头是福，如果我走了……"妻子不会耐心等他把这种怪话说完，她用手堵住他的嘴巴，让他什么也别说了。

六

一天，老公安踩着地上沙沙作响的枯叶，跑来找他。老公安脸上的表情雕塑似的僵硬，他进屋环视过房间，又礼貌地退回到门边。老公安压低嗓音问："为什么白天也亮着灯？"他不得不脸色煞白地倒出苦衷："除非把所有能当的东西都当光，不然感到家里见不得人，白天也只好拉着窗帘。"老公安默不作声，但让人感到他严肃的表情里其实藏着仁慈，老公安小心地把烟头在水泥地上踩灭，然后吩咐跟他一起走。

到了派出所，他才发现老公安原来是个大嗓门，跟同事说话的口气咄咄逼人。老公安跟他搭腔时越是压低嗓音,便越让他受宠若惊。屋里照进来太阳的条条光束,散发着轻微的熟食气味。老公安犹豫了一会儿,用手把木门轻轻叩上。

"别怕,我今天只是和你随便聊聊。"

但他紧张得几乎答不上话来。老公安缓慢地从铁柜里取出厚厚一沓材料,放在桌上。在陈浮云眼里,老公安就像拿出了一根可以绞死他的绳索。是的,那是关于他的过去的一场展览。绝望之际,他感到温暖的脚板下开始升起一股寒气。

"这些材料是老所长交给我的,他刚调走,他对你不错呀,除了我,他没让别人接触你的材料。"

"是,是我不对,我早该向你们交代自己的过去!"他差点当面咒骂起自己。

"你的事我们议过了,没什么大不了的,但你还是把过去隐藏起来的好,可以省去不少麻烦事。"刹那间,他被老公安的话惊呆了。

"你,你是说,你们不打算追究我的过去了?!"老公安闭眼摇了摇脑袋,有些激动地猛吸一口烟,然后用烟头戳着刚吐出的那团烟雾说:

"不是我们追究你,是要防止别人乱追究你。你只是一个文书员,解放以来表现也不错,但你要清楚,军情五处的名声很不好,不知情的群众会乱抓你把柄的。"

老公安的话既低沉又诚恳,顿时让他心底涌出一股暖流。他的双唇不知所措地轻微颤抖,开始大声说着一些感谢的话。

"你别担心,我会把你的档案封存起来,但你要与邻里搞好关系,处处小心才是。"

当老公安掐灭烟头站起来,他仍出神地呆坐在椅子上。直到老公安拍着他的肩膀,把右手伸给他,"好了,你可以走了,刚才谈的话就不要外传了,你大概能做到吧?!"

"能,能。你放心!"

七

哪怕让房客们住上一辈子,他也收不到半个子儿了。那些收租金的日子,想起来已经让他觉得遥远。房客们住的房子早已变得肮脏,已看不出过去那种有钱时的气派。处处都有垃圾和难闻的气味。所有的门窗小偷都能轻易打开。想到这些,妻子就会皱起眉头,抱怨他不闻不问,再说手头剩的钱也不够给孩子买件衣服了。她说你光给孩子许愿,但总得让孩子跟其他同学穿得差不离儿吧。

"我有话要跟你说。"有时,他回家刚放下扁担、箩筐,她便过来抓紧他的胳膊。

"我在听呢。"他知道她要说什么。她常噩梦连连,午觉都睡得不安稳,她梦见所有房子都被房客们霸占了,他们被人赶到院子的棚屋里。

"我们至少还有房子住,不是吗?"他知道她还在等着奇迹发生,希望能有靠租金过富裕日子的那一天。他有时不得不撒谎,轻声安慰她,房子还是我们的,我们只是免了他们的房租而已。可有时事与愿违,也许真是穷怕了,她把手指整个塞进耳朵里,嘴里只管嚷嚷:

"我就知道你是个窝囊废,别人这样欺负我们,你倒连个屁都不敢放。"

她脸色铁青,有时眼看要去跟房客们吵架、论理,他只好狠狠给她一个嘴巴。"够了,你给我闭嘴!"这是让谁都痛苦的举动。她扑通一声倒在床上,慢慢抽泣,继而号啕大哭。严格说,他的眼睛也慢慢湿润了,屋里虽然弥漫着火药味,但至少她不会去邻里们那里大吵大闹了。

八

他时常站在窗口,留意与他的房子有关的变化。后院已经陷入新的骚动中,豆品厂的宿舍硬是挤占了一半的后院。当妻子走近时,他故意不往那个方向看。隔壁浴室装着脏乎乎铁窗的锅炉房,只剩两米就靠近他家楼梯口了。他索性出门溜达。他只能这样发落自己,让妻子含泪咒骂他是个没有出息的文人。随着孩子慢慢长大,他是家里窝囊废的形象就更突出了。儿子陈小云开始露出强壮的肌肉,经常心急火燎地向他发问。他被儿子令人震撼的锐气迷住了,经常捋着刮得光亮的秃瓢,嘟囔着说"算了吧,小云""你别在外面惹是生非了"之类的心虚话。每当这时,小云的眉头便拧得更紧了,妻子更是唉声叹气,"你爸一辈子胆小惯了,别听他的,谁要敢欺负你,你可不能让!"

过了十八岁,小云的确不再像是一位窝囊废的儿子,跟邻里们的孩子一样显得没教养,甚至以仇恨的眼光瞪着父母以前西装革履的照片。对儿子的许多行径,他只能摇头,无法表达心里的忧虑。儿子的兴趣渐渐从打架、扒公共汽车转移到漂亮女孩儿身上。儿子卧室的墙上到处张贴着从画报上剪下的女兵图片。

他把毛茸茸的胡子留着不刮，据说那样可以吸引女孩子。在相貌方面他的确有些优势，个子很高，鼻直口方，又有潇洒的气度。

十九岁那年，儿子干了一件最让他担心的事。儿子与派出所老公安的小女儿恋爱了。从那以后，陈浮云成天心神不定，老是琢磨哪天该去找老公安当面谢罪。他害怕儿子心里经历的并不是什么爱情，万一儿子只是走马观花，遭殃的就是这个家庭。当儿子兴奋地告诉他妈，已经跟那女孩约好来家里吃饭时，陈浮云头脑乱哄哄地去找了老公安。

老公安坐在一张破旧的木椅上，显得礼貌十足。他发现，老公安的头发还是那么粗黑，但那张脸老得有些出人意料。当他脸红窘迫地开口向老公安道歉，老公安却心满意足地偷偷乐了。

"我说老陈啊，年轻人的事我们就不要去管了，他们恋爱不是挺好的吗？"见他没有回答，老公安又好奇地追问道，"怎么？你是嫌我女儿配不上你儿子？"

"哪里，哪里。"他只好如实说了自己的担心，"我是个有历史污点的人，怕将来给你家带来不好的影响。"

"看你都想到哪儿去了。我见过你儿子，他很有男子气，到我家里来过，我们一家人都很喜欢他。"

"什么？他已经去过你家了？"他惊得连话音都走了调。

"一点儿没错。还是收起你的那些想法吧，我都不在乎，你还在乎什么？"老公安垂下头，忙着到抽屉里去找他的烟叶。他就这么看了老公安足有半分钟，又忧心忡忡地嘀咕道：

"年轻人的事哪说得准啊，万一他们谈不下去，我怕……"

"也许会这样，但他们是成人了，还是让他们自己选择吧。"

这个话题从没像今天这样让人有安定感，老公安的话让他心情舒畅起来。就算没法驱散紧张的念头，他还是感到了内心的鼓舞。老公安最后带他参观了窗外自己种的几棵枇杷树。出了派出所大门，他兴奋得有点儿头晕目眩了。

九

小云如愿和老公安的女儿成了婚，让他大大地松了一口气。他找到藏了二十多年的一枚金戒指，怂恿妻子偷偷塞给儿媳。儿媳的容貌的确让妻子心满意足,她甚至偷偷翻开发黄的相册,打量自己结婚时的模样。妻子不识字,她让他读着结婚证上仅有的几行字,热泪盈眶。儿子的这桩美满的婚姻,让他们找回了对家庭的一点自豪感。

为给儿子添置家具,他们把柜子上的银饰物都拆下来卖了。种种迹象表明,他的年纪已不适合当黄沙搬运工。他快成了搬运队的包袱。尽管他不断提醒自己要小心,还是时常从摇晃的跳板上掉进水里。望着惊险的一幕,队友们马上不让他干了,帮他把湿漉漉的衣服晾挂在岸边的柳枝上。常常是过了几小时,他的体力仍无法恢复,只能眼巴巴地看着队友们在跳板上担来担去。他对身体的状况又惊讶又失望,到了发工资时更是羞愧难当。明明落水的那天他没干活,队里仍不少发他一分钱。这是一种多么痛苦的感觉啊。身上鼓胀的血管表明,他可能患了高血压之类的病。妻子给他弄来花生衣之类的土方,都无济于事。尽管守口如瓶,他屡屡落水的事还是被家人打听到了。

儿子第一次带着严肃的神情找他谈话。让他吃惊的是儿子劝他别干了。儿子说这件事他在心里想了很久,现在该是父子调换角色的时候了,该由他来养活父母。他凝视着儿子,惊叹自己对儿子了解得太少,儿子竟像他当年一样,对他没有的前途还抱着期待。

整整一个下午，儿子还是没能说服他。小两口儿又送给父母两双软底新鞋，儿子大概是想说明他有这个能力给他们添置衣物。周三，成为亲家的老公安突然前来拜访。老公安跟一家工厂说好了，让他过去帮着看守大门。老公安颇有感情地说：

"你这个儿子孝顺啊，他说无论如何都不能再让你上跳板了。"

陈浮云眼睛潮湿地叹了口气，终于起身作揖表示感谢。

十

十年后，他还记得那首在码头吆喝的曲子和那首曲子中挥之不去的宿命感。当工厂哐当的铁器声逐渐变得稀疏，他进入了第一批下岗的队列。这回他真的老了，不再千方百计地寻找工作。看着年轻人驾车在街上跑来跑去，他非常害怕地尽量往路边靠。

他和妻子把日子过得尽量俭朴，免得儿媳又向儿子叹起苦经。他们真的过上了让儿子养老的日子。生活变得平静了，心里却多了不安。话说回来，无聊又让他们拾起了压在箱底的一副骨牌。没过多久，一张张骨牌就变成了一张张角币，他赢牌的同时也赢了不少零花钱。他教会别人玩解放前的骨牌把戏。在邻里们眼里,他可是骨牌桌上的大魔术师。更叫人高兴的是,妻子在骨牌中找到了和他相同的乐趣。他们早上起来把一切准备停当,就等着隔壁的老人前来赴约。牌桌上,这些老人的脸上都漾起孩子气的神情。陈浮云忘了他的这些牌友至今还霸占着他的房子。在形容枯槁的生命即将弥留之际,还有哪件事能像玩骨牌赌钱一样,能让这些老人神清气爽呢?

一天,不知什么原因,他们在牌桌上奋战一天后,突然停电了。大家不约而同地把骨牌反扣在桌上,眼瞅着陈浮云的妻子拿来煤油灯。这时,能感觉到微风从窗户的缝隙钻进来,把煤油灯焰吹得左摇右晃,平添几分出牌前的神秘感。他们玩牌的兴致丝毫不减,尽管有妻子悄声在旁边提醒,陈浮云还是陪邻居们继续玩了六小时。那是一个隐藏着热燥的初夏,在牌桌上忙碌了一天半,他脑袋的前侧突然感到剧痛。看见他坐在椅子上发愣,妻子连忙铺床让他躺下。她注意到他浑身发抖,接着他嘴里冒出哎哟哟不清晰的呻吟声。等到妻子把儿子喊来,他像打盹儿似的,脑袋歪倒在枕下断气了。直到死前,他都舍不得花钱把后颈上一个杏仁大小的肉瘤开刀割掉。

葬礼上她悲痛得大声尖叫,殡仪馆里那些新规矩她可管不了。尽管接连累了几天，但回到家里她睡意全无，手脚冰凉。她仿佛听见丈夫在墓地里喊她。她认为，自己不在丈夫身边，他恐怕连翻身都困难。回到墓地的丈夫身边，成了她最后的愿望。她的鼻子很快被堵住了，肺里也咳出了绿痰，但她认为自己还是拖延得太久，这活着的每一天都推延了她和丈夫相见的时日。她躺在病榻上，感到了儿子、孙女对她的爱，她时常感动得脸上挂着泪珠。她的眼前开始有黑乎乎的影子飘动。她对观音菩萨哀求过了，对来日已经没有了恐惧。终于，昏过几次后，她安详地闭上眼睛，把自己裹进了丈夫待的那片黑暗中……

十一

小云从来就没撩开过家史的那层面纱，他甚至不知道还有与清白有别的真相。老丈人呢，对已故"老文书员"的历史始终守口如瓶。父母呢，更不会把房产纠纷留给后代。小云无疑没有注意到自己的疏失，他优哉地在巷子里踱来踱去，不知道这许多青砖宅院就是他家的。

十几年的婚姻就像从同一个娘肚里胎生，把小云和妻子的神态调教得几乎一模一样。女儿芸芸到了开始偷偷涂指甲油的年龄。芸芸长着小云和妻子都没有的迷人酒窝，她睫毛颤动的样子，倒很像她爷爷把思绪沉浸在过去的家史中。实际上，尘世的幸福到了芸芸这一代才真正闪耀。

一天，小云半窝在沙发里，接到一个有浓重湖南口音的电话。听到"陈浮云"三个字他几乎从沙发里跳了出来。他屏气听着方言和普通话夹杂的口音。"这附近只有一个陈浮云。"他很有把握地回答对方。那人喘着粗气坦陈，自己是陈浮云的台湾老友，想来家里看看。小云没交代父母已经去世，他让那人带着幻想来到家里。小云打开院门，看见一位坐在轮椅上的老人，双腿瘫痪了，但双手虎钳般有力，握得小云差点叫出声来。老人进屋后就盯着看墙上小云父母的遗像，立刻明白了一切。老人好不容易才忍住眼眶里转动的泪水。

"人生就是这么回事啊！"老人终于把眼睛从遗像上移开。

妻子非常耐心地在厨房里烧菜，等到晚上八点才把菜端上桌。妻子做的菜香味撩人，当老人直夸菜好时，她倒不知所措地绞着手指，脸却像还没融化的冰块。老人被二锅头弄得得意扬扬，变得大胆起来。他上嘴唇留着一小撮儿胡子，笑起来能看见嘴里残剩的牙齿。即便跟老友的儿子坐在一起,他仍感到了遥远过去的那些快乐。他憋了一肚子的话,终于能说一说。说出来就像拔掉了一颗烂牙那样痛快。

天色已晚,小云磨蹭着不让大家放下筷子,他太想知道父亲的事了。老人说自己经历了那些多奸诈的暴行竟没被打死,简直是奇迹,当他黔驴技穷,就想着能像陈浮云那样该有多好。他说当军情五处处长是个愚钝的选择,因为愚钝所以他干不了别的,连老婆也被人拐跑了。说的时候,他既有夸口又有忏悔。有一阵子,甚至让小云觉得这位瘫坐在轮椅上的老人,曾经身手异常矫健。老人说陈浮云以前特别爱聊天儿,仅仅通过聊天儿就能让人感到他的戏剧才华。他叹了口气,为陈浮云默默熄灭了的才华感到惋惜。小云没有搭腔,脸色变得有些苍白,过去父亲的怯弱曾经让他无法忍受,现在他突然感到十分羞愧。小云惊讶地发现,芸芸正好奇地瞪大着双眼:

"老爷爷,你们那会儿审讯的时候是不是也用催眠术啊?"这是会跟着街舞旋转、迷恋好莱坞电影的一代,影片中把被审者的头浸入水中的场面,只会让她产生新奇感。也许是她的幸灾乐祸提醒了老人,他忌讳地闭口不谈过去了。

随着夜里巨大的霓虹灯广告牌闪耀,街上的人群不断增加。小云一家推着老人的轮椅加入了摩肩接踵的人流中。老人特别看重告别的每个细节,小云不知说了多少次"再见""回去吧",老人还是依依不舍地把轮椅停在饭店的大厅门口。

小云回去时,整个身心都沉溺在刚才的交谈中。后来,他点了一支烟,在家门口的巷子里来回徘徊,感到心里隐隐作痛。他进屋脱下袜子,准备洗脚睡觉,突然接到从饭店打来的电话。

"喂,是陈小云吗?"老人的声音焦急不安。

"哦,刘老,我是小云。"

"小云啊,刚才我喝多了,讲了不少酒话,千万别信我讲的那些事啊。"

"怎么?你讲的不是真的?"

"没有一件事是真的。刚才我喝多了,完全是图嘴巴痛快。"

©2003年5月4日

自我教育

梁志是街坊大妈喜欢背后咬耳朵的那种杂种,他自己也说不清,穿过他祖辈胡影弯刀的蹉跎岁月,他身上到底还剩多少毛子血统,反正骄横劲儿已像血丝布满了双眼。他当主任是意料中的事,父亲临死前把他托付给了刚升任校长的老友。副主任王云只好装出高兴劲儿祝贺他,祝贺他这个一步登天的野小子。梁志上任以后,就像给王云套上了一副牛轭,事事把他压得像有大祸临头似的。王云像一条被车碾压的青巷一般忍气吞声,心里盼着主任坐的这把交椅,是兔子尾巴——长不了。荣任主任不久,梁志就娶了一位人高马大的东北娘子。她并非狐假虎威之辈,但每逢走在梁志身边,神情步态活像一匹气派十足的良种马。

眼见梁志在生活和事业上如履平地，王云妒火熊熊，他虽然慈眉善目，却已经怀恨在心。

东北娘子的感情是说来就来的，显然她不能忍受独守空房的苦楚。梁志为了不被她冷不丁地戴上一顶绿帽子，索性让她辞了工作。她几乎是一路播撒着秋波来到江南的。邻居大妈又有了可以咬耳朵的新对象。她比梁志还高大，来了没几天就把梁志制得服服帖帖。说坦率点，江南人可没见识过块儿头这么大的女人，同事从梁志言语中感到，梁志快成了她想放牧的一种动物。

有一天，同事们相互打了赌，要和东北娘子比个子。梁志很是得意，意外地见谁都笑，活像一个被阉割的点头哈腰的老太监。年轻同事把东北娘子团团围住，仿佛围住的是一个美不胜收的初恋的夜晚。王云看得喜上眉梢，意识到梁志神气活现的日子已经到头了。邻居大妈把娘子喜欢在家找碴儿的故事，很快传得尽人皆知。据说他俩日子过得顺当的标志，就是结结实实地摔上一跤，顺便把痰盂、书籍、衣物等用力掼到楼下。说严肃点，就是当愤恨在相互较劲儿中耗尽，他俩就不能不相亲相爱了……

秋天是这座城市最美妙的季节，这时雨水像男人的眼泪已经干涸了，只有黄昏继续把七彩雾霭笼罩在城边一群山丘的峰顶。连鸟儿也几乎听不见风声了。但梁志那天偏偏听到了体内像风箱一样发出的拉风似的呼哧声,他的哮喘病提前一个季节犯了。他的脸又暗又紫,脖子上活像顶着一块儿猪肝。他说什么也没听娘子的劝告,跳上那辆破旧自行车,飞一般去了单位。他不能把部门乖乖地交给王云,这不符合他的性格。但刚推门进屋,他就大叫一声,竟倒地气绝。是哮喘并发的心脏病。

他的死谁也没料到,一时王云也觉得很失落。他们之间的怨恨燃烧了六年,突然间对手消失得无影无踪。他提议同事捐款为梁志买块世上最狭窄的墓地,因为价格昂贵,拥有墓地已成了普通百姓的奢望。墓碑上镌刻着王云钦定的赞美词。

梁志墓。这里葬着一位耿直、清廉的人。

以前的怨恨全部化作了赞美甚至是感激涕零。王云顺利坐上了梁志那把交椅。他不用再买东北娘子的账了,甚至对她以前把梁志搞得心烦意乱充满敌意。事隔不久,他终于有了可以去娘子家耍一耍主任大牌的机会。梁志家一直用着公家的床、写字桌、椅子等家什,现在人走茶凉,那些东西再破旧也该收回了。

王云带了一帮年轻同事去抬家什,娘子竟穿了一身内衣迎接他们。窘得满脸通红的年轻同事差点儿无心听指挥,她的乳房、臀部大得让他们很不自在。王云提出搬任何东西她都二话不说。末了她拎起一个备好的包裹,一屁股坐在装东西的卡车上。她的样子招来了满楼的人围观。直到这时,王云才尝到这位东北娘子的厉害。她满不在乎地当众点了一支烟,朝他吐出一口烟雾说:"快走啊,还磨蹭什么?"

"你不下车,他们走不了。"王云面露难色,刚才的神气劲儿已经荡然无存。

"我得跟着这些家具呀,梁志狠毒,他撇下我走了,我不能再让这些家具也撇下我一走了之。"她的样子平静得像是一幅望着众信徒的圣母像。

"可是,"王云急得咽了口唾沫,"谁都清楚,这些东西是公家的呀。"

"公家?"这个词更惹恼了娘子,"我们谁不是公家的?"接着她的泪水如泉涌出,"你好狠毒啊,我就指靠这些旧家具回忆过去的日子,你偏要让我跟它们分开。"

王云被说得哑口无言,不敢再惹她,只好跟身边同事咬了一会儿耳朵。他们决定把家具如数抬回到楼上,反正单位也不稀罕这堆破烂儿。

这件事可以说大杀了王云的威风。他越想越是气不过，最后盼到鬼节那天，他用几近同情的语调给阴间的梁志写了一封信，以解心头之恨。当众人蹲在地上烧纸钱，以此给阴间的亲人送钱时，唯有他蹲在地上慢慢烧着这封信，在灰烬飞扬、烟雾缭绕的鬼节的暮色中，他盼梁志能在阴间认真地看完它。

给梁志的信

梁志大兄，一个以前恨过你的人突然来信，他在当上主任的枪林弹雨中，理解了你过去的所作所为。独揽大权实在是独揽责任啊。他即便天天有火想发，平温的性情也把这一切都弄走样了。现在，他多么羡慕你以前动辄发火的风范，那时只需一会儿，发怒的风暴便转为亲切的谈风。难怪大家都服你！

对你撇下美艳的娘子，我一开始也不能理解，以你彪悍的个性，我不相信你顶不住命运的嘲笑。你应该是连灾难都不敢看你一眼的勇武汉子。不过，前些天与你的娘子打交道后，我便幡然醒悟。梁志大兄，你过去的日子不好过啊！我只后悔那时没能让你朝我多发火，让你压抑的心情变得舒坦一些。唉，一提到你的那位娘子，我才意识到你离开人世的心情有多急迫啊……

◎ 2004年8月16日

修寇的心愿

我跟所有人都必须保持着距离。我的衣服本来就很难看，现在被身上的麻袋压得更凌乱不堪了。我的性情本来再温良不过，这会儿偏要扮演一个不容他人近身的刺儿头。这是一场多么荒唐但苦涩的演出啊。看见有人朝我身边挪，我的手臂就不自觉把麻袋搂得更紧了。谁会知道麻袋里有我的一位好兄弟呢？他浮肿的眼皮在闭合之前，一直盼着见到自己的母亲。死前他怕家人说他是个没有出息的东西。为了找到合适的工作，他一直徜徉在车水马龙的俞城商业区。在那些修得五花八门的公司大门口，他简朴的衣装、蔫不拉唧的眼神，令他吃尽了苦头……

我接到他的死讯时，心如刀割。他的东西散落在租来的狭窄公寓里。出租房屋的老太婆像来视察的首长,接见了我。她一双眼忽悠地闪着光,一边用力把我拽到门外。她简直不知悲伤到底是何物,竟然向我索要他欠下的房租费。亲爱的读者,在回家的盘缠对我来说意义重大的时刻,我不得不厚颜无耻地扮演了一回刺儿头。我二话不说掏出一把弹簧刀,手痒了似的耍弄着,向她证明除了它,我也身无分文。弹簧刀像会发咒语的怪物,让老太婆双臂回缩,脸儿煞白地一下瘫靠在墙上。

"不,不过……他也没欠多少。"几乎是一瞬间,老太婆就改了口。

"没欠多少,就算了,你看呢?"我虽然凶相毕露地拿着刀子,口气却像是床上那具安静、凄凉的尸体的。最后,老太婆苦笑着点了点头,然后便恳求我赶快收尸走人。

我去杂货店买了只粗麻布口袋,用来裹住这位兄弟的尸体,尽管扎紧了口子,仍能闻到些许的腥臭。临走前我威胁老太婆,不许到派出所报案。

袋子里的这位兄弟叫修寇,他活着时受尽了屈辱,即使脸像小米粥似的黄,甚至嗅到有腐烂的气味从体内发出,他还是拖着摇摇欲坠的身躯穿街走巷。除了靠夜风抚慰他的贫困和忧伤,压根儿就没舍得去医院就诊。我们的共同家乡——千里之外的惠庵镇——是我们内心最庄严的所在，尽管他屈身将就在这只麻袋里，但让他的家人见他最后一面，无疑是礼数最周全的志哀。他的尸体，现在成了他死后剩下的唯一财产。但要把这财产运回家乡，可是要冒着坐牢的风险。

警察不用怒吼，似乎看一眼就能对我的神经产生作用。他们仿佛在铁路沿线布下了专门针对我的关卡。到处是不祥的喧闹声，迫使我每走动一步，整个人都像一触即跳的捕鼠夹。铁路警察的 X 光设备和强大阵势，令我望风而逃，最终选择了府顺街的长途汽车站。

府顺街车站到处是蓬头垢面的农民工，我颇感庆幸地加入散发着酸臭味儿的人流中。在把麻袋扛上车顶捆放时，我遇到了一个货真价实的刺儿头。他的头发支棱八翘的，从脖子能瞥见龙状的刺青。他不挪动脚，硬把我挡在梯子口。"别靠着我的瓜，里面什么烂玩意儿？"他愠怒地打量着我的麻袋，布满血丝的双眼像是朝我喷出的两股鲜血。

亲爱的读者，如果换了从前，我早吓得朝裤腿里尿尿了。但这时，我偏像一面旗子要升往高处，麻袋硬被我横在他的脚下了。"里面什么玩意儿？"他得势似的大声吼着,然后又咯咯笑道,"你不会是一个哑巴吧?"这些话刺得我浑身辣痛。当他进而朝麻袋飞起一脚,我毫不犹豫地拔出了刀子。直到那时,我才领悟到做一个刺头儿的真正滋味。我的刀子几乎像一发子弹,在他踢的同时,已抵到他的脖子上。"听着,别管闲事!"听了我沙哑的嗓音,他立刻安静下来。骂人的话像不再受我舌头的阻拦,一下涌了出来……

我和这位刺头儿竟然是不打不相识。后来路上还得到他的悉心照顾。每到一所令人怨声载道的客车餐厅,他总蛮横地挤到队伍最前列,对谁也不看,扔下钱,抓了两盒饭就折回车上。因为担心无处不在的小偷,我不敢去餐厅吃饭,多亏这位刺头儿总不忘给我带上一盒。在干燥的山路上,长途客车开得像个满身尘土的叫花子,无论谁不小心微笑,嘴里都会吃进浓重的灰尘。车内杂七杂八的方言声消失了,崎岖的山路把满车人晃得昏昏欲睡。

这一次刺头儿抹着嘴角的油水靠近我,在周围越来越响的鼾声中,突然搂住我的肩膀。

"兄弟,不管是哪路神仙,都会服你的!"他有点诡秘地眨巴着眼睛。

"哦?"我的神经因为坐车都有点儿木然了,看样子他肚里的话还多着呢。

他贼头贼脑地向四下看了看,又低声说:"放心,我不会对人说的,我知道麻袋里面是什么。"这下轮到我的心要从胸口里蹦出了,我就像突然在人群面前裸了身子,完全不知所措。

"我也差点儿干掉一个人。说实话,你这胆子我还没见过,把人干掉了,还要拖尸回去领赏。"

明摆着这是一个江湖中人。一时间我浑身的关节像都被锈死了,丝毫动弹不得。我继续紧张地听他唠叨,"嘿,嘿,我总算遇到一位像样的兄弟了……"

亲爱的读者,我越听越害怕,但表面上我还得摆出江湖中人的一副漠然架势,仿佛刚参加过一场杀得天昏地暗的江湖鏖战。此人目光炯炯,只凭踢了一脚麻袋,就了然里面的秘密,看来不是等闲之辈。现在唯一能从麻烦中脱身的办法,就是继续扮演刺头儿想象中的一位江湖烈汉。我绷足了架势,听他胡扯了足有一个多小时,我的思绪其实像把长剑已经刺到窗外的山岭中……

长途客车于清晨到达惠庵镇。他默契地帮我把麻袋搬扛到一辆三轮摩托车上。临走前,他睁大眼睛打量着我:"兄弟,告诉个名儿和地址,以后好去找你呀。"我环顾着朴实无华的长街,不再紧张了,随便说了一条街和姓名。我和他的身上都有一股略微腐烂的气味儿。我心里庆幸，在车上与他有一搭没一搭的那种交谈，终于结束了。

在修寇家，我根本不敢亲手打开麻袋，以免目睹受到侵蚀的尸体。修寇的母亲见了我猛地跪下，然后瘫倒在麻袋上。"我的儿，伤心哪……"她撕心裂肺的一声哀号像是号角声，立刻令她家人都聚拢在麻袋周围。

我到达修寇家不久，整个镇子都得到了消息。我尝到了太阳矗立在高空的滋味儿，即使原来对我嗤之以鼻的人，现在也把他们的敬意抬得高高的。男人是如此，女人更是如此。我甚至得到了一些女人爱火如炽的凝视。亲爱的读者，我敢说在这个镇子未来百年的历史上，再不会出现这种阴错阳差的事了。在镇民眼里，好像连我龌龊的想法也闪着洁净的光芒。我在车上睁大眼睛不敢睡去，在警察的关卡中机警地迂回，在江湖老手面前恩威并重，仿佛只是为了回乡在胸脯高耸的女人中间引发妒忌，给镇中的男人制造夺爱之仇。唉，意想不到的荣誉让我忙得焦头烂额，我家前院里种的一点儿蔬菜，几乎被夜晚来探望的亲朋好友全踩烂了。

修寇的母亲经受住了痛苦。出殡那天，关于我异地搬运尸体触犯法律的说法，已经在镇中弥散开来，也不时传进我的耳际。修寇的家人出于感激甚至凑了一笔钱,希望我在一个月色如玉的夜晚,远走他乡。

亲爱的读者,家乡可是正义的栖息地啊,我不能为了笼络自己的肉身,而把逃犯的形象留在每个乡亲的脑海里。虽然我还年轻,但不需要法律的原谅。我在家里等了一周,才听到磨磨蹭蹭开来的吉普车的马达声。县里的公安怕激怒乡亲,挑选了一个黑灯瞎火的时辰。我告诉他们,用不着手铐,我等他们都等得有点儿不耐烦了。一个胡子拉碴、操着北方口音的老公安脸上含着笑说:"咱的心也不是石头,也舍不得叫你受罪哪!"那辆老掉牙的吉普车就这样披星戴月,载着我悄悄进县城了。

我准备承受的蹲狱之苦,不料想成了一场虚惊。在神圣的祖国大地上,法律也没我想得那么自在,有时它也得跟着舆论走。起先,我被判了刑。但爱管闲事儿的报纸这时偏偏插嘴了,还把一顶仁义的帽子扣我头上。我眼睁睁看着报纸这玩意儿把我捏造成了光耀夺目的"英雄",说句良心话,报纸是逼我继续当一个蹩脚的演员啊,扮演几乎能把我压垮的人类的良知!就这样在各地报纸的渲染下,我竟赢得了对法律的胜利。最后,法院无奈地收回判决,宣告无罪释放。

出狱那天，来了一些亲戚朋友等在门口。见我出来，每个人都过来捏我的肩膀。父亲扬手拍着我脑袋说："知道吗，家里来了一屋老板要雇你。"我笑了笑说："我真这么值钱了？"

"孩子，你有出息了……"

我迈着缓慢的步子走动时，这群人一声不响地跟着我。在皱巴巴的衣服下面，是我难以置信的好心情。这时，天空万里无云，微风像女人的纱巾轻轻撩动着众人的面庞。死气沉沉的高墙好像因为有了这群人，显得格外生动。当我搜肠刮肚想说些感谢的话时，空地上一个表情漠然的人向我们走来。他双手插在衣兜里，眼睛死死盯着我。他的步法是典型的痞子步法，一步一摇，幅度很大。我马上从刚才的诗情画意中醒了过来。是他。就算忘了这个刺头儿的模样，还是能认出他那狂躁的目光。

整个队伍在距他二十米的地方停下了。

"你认识他？"父亲不安地发问道。

我犹豫了片刻说："是呀。"

他步步逼近时好像挟着一股寒气，走到跟前，突然开口说话了："喂，伙计，没想到又见面了吧？！"他几乎用双手扶住我发软的身子，"我们老板可欣赏你了，特地叫我来请你去做事。"

刚才我的心还是欢跳的小狗,这会儿,已像腐木长出了阴湿的霉菌。脑子更是一锅糨糊。我听见父亲提高了嗓音,兴奋地替我应答道:"好啊,先一起到家里去坐坐吧。"

◎ 2005年11月

马

皮

一

　　无论谁嘴里吐出脏话，曹孟的神情都会有些窘促。脏话明显不合曹孟的脾性，他喜欢用一句话来揶揄他们："他们都不知道自己说了什么。"他的潜台词隐得太深，谁也懒得花工夫去琢磨。他属于那种骂人也不带一个脏字的人。说这句话表明他已经怒不可遏了，潜台词是说他们没脑子。我作为曹孟的好友，一向比他要无忧无虑，也许比他更独具慧眼，能看出那些嘴里挤满了脏话的人，不过是想发泄一下内心的压抑。为了不使他一遇脏话就一溜烟儿跑掉，我时常得为那些爱说脏话的朋友打圆场。"我知道你们又想喝酒了。这样吧，今天谁要是说脏话，就罚谁的酒。""好啊，好啊。"于是朋友们快活得连路也不好好走，一窝蜂拥着我和曹孟去酒吧。酒喝多了，那些脏话在曹孟的耳朵里就越变越轻，最后成了令他心醉神迷的音乐。"他们一喝酒就不说脏话了，就喜欢嘀咕，不过他们嘀嘀咕咕的声音还真好听。"我知道他的脑子已经被白酒占据了，于是眨巴着眼睛故意逗他：

"他们说的全是脏话。"

"不是的，你听得不对。"

"是脏话。"

"不是的。"

"是。"

"不是。"

"好吧，那就不是。"

此刻就算他的脑袋变成了白酒瓶子，酒精也难以改变他的执拗。他身上的每个器官好像是为纯洁而生的。当我和一些女孩保持着不清不白的关系时，他连一场像样的恋爱也没有谈过。有时，他会向我坦白他与某个女孩的关系，说的时候两只眼睛既明亮又兴奋。可是我听来听去都是无关紧要的枝节。他在女孩面前就像一只鸟，除了鸣叫什么也不做。

"你跟她上床没有?"

"没有。"

"那你们就没谈恋爱。"

"谈了。"

"在我看来就不算。"

"肯定算。"

"不算。"

"算。"

"好吧,那就算。"

他做的事情总是超凡脱俗。我知道他和女孩没吻过也没牵过手。什么也不给的女孩,通常能把男人治得只剩半条命。但他的执拗也让我明白,他总是被纯洁的情感鼓舞着。我没法向他解释上床究竟意味着什么,只希望他能早日完成这样一件大事。当他用靠近教堂的方式来安慰自己的灵魂时,我则恰恰相反,祈祷自己的朋友早日完成他的成人式。记得有一天,曹孟露出又白又宽的牙齿,告诉我他差点入了基督教会。只要一谈起基督教,他就神情端肃。我用有些迫切的目光在他脸上扫视着,过了好一会儿才说:"我是大概这辈子也不会入教的。"

"我差点入教已经不是头一次了。"

"入教以后,能谈恋爱吗?"

"当然可以。"

"那就好,那你干吗不入呢?"

圣保罗教堂离曹孟住的地方只有一站路。有时路过那座教堂,我不得不佩服曹孟的眼光,它的尖顶怀着弃绝尘世的疏远和威严,高高屹立在那些杂乱的楼群之上。后来,我知道他每周都带着一根柳条去那里。他说折柳是古人教他的告别仪式。每次去教堂前,他都借着柳条看自己能否真的与凡尘告别,似乎希望柳条能把古人诀别的力量传递给他。有一阵子,他大概是爱屋及乌,开始担心圣保罗教堂能否顶得住拆旧建新的城建风潮。当我告诉他明代的清真寺刚刚被拆了时,他清瘦的脸上浮现出了几丝痛苦的表情。他令人难以置信地给市长写了一封信。信里写了什么,他一直对我秘而不宣。每次见面我都故意问他:"市长回信了?"

"没有。"

"你觉得他会回吗?"

"不回是他的错。"

二

我和曹孟都有走街串巷的癖好,喜欢街上极富戏剧性的热闹场面。有时远远望见某处聚了一大堆人，我们十有八九会匆忙凑上去。有一天，我向曹孟提起，尧化区有一种叫马皮的赶集活动，他突然来了精神。尧化区靠近郊区，有比其他区多得多的老建筑，那里的街道办为了迎合旅游者的需要，几年前把郊区的马皮活动引进了老街区。大概市领导觉得尧化区的建筑又旧又乱，所以打算对老街区进行拆迁。我对曹孟说："一拆迁完，没了那些老建筑，就不知还会不会有马皮活动？"在曹孟面前，我一直说不清那种赶集活动为什么叫马皮，只知道手操铁戟的扮鬼者，身上披着叫马皮的黄色披风。扮鬼者一出现，大家就能感受到神秘和恐惧的气氛。一把又圆又细的长剑，穿过两腮和口腔架在扮鬼者的脸上。看见他始终滴血未流，谁都会立刻肃然起敬。曹孟几乎是伸着脖子听我说完的，然后就天天追着问我，赶集活动什么时候开始？

三

去尧化区要穿过整个市区，坐公交车过去得两个小时。我们到达尧化区时恰好是午饭时分，不少青砖老宅飘散出腊鱼的香味。见到一些老店铺门口挂着僵死的腊鱼，曹孟碰都不碰它们一下，他望着腊鱼大为感慨："人人都是纳粹呀。""对这些鱼来说，当然是。"谢天谢地，我的门牙又全又牢，不怕吃饭时对付不了美味而瓷实的腊鱼。尧化区最漂亮的老房子都在马道街上，那里井水充沛，甚至在我们吃饭的店堂中央，还有一个供客人洗脸的井台。店员端上热气腾腾的蒸腊鱼，曹孟的脸上就显出害怕的神色。我一次又一次地赞美腊鱼的味道，他还是无动于衷。

"你越说，我越觉得你像个魔鬼。"

"那好，你就干看着魔鬼享受美食吧。"

午饭之后，他脸上显出了被愚弄的表情，因为马道街的人未见增多，各条街巷既宁静又空荡，看不出有任何活动的迹象。没等他再向我抱怨一通，我已冒冒失失地在巷路上打听起来。最后，一个腰圆体胖的妇女告诉我，有个组委会负责组织赶集的活动。

我们赶到组委会所在的胡家祠堂时，会长正在不停地抓耳挠腮。他两眼通红，香烟夹在指间灭了也全然不知。赶集活动对他是悲是喜，已经一目了然。大概是我们的衣着煞是特别，会长一见我们就两眼放光，"你们是报社的记者吧？！你们来得正好。"我一向反应比曹孟快，话立刻就脱口而出："是啊，听说这里马上有个民间活动，我们就赶来了。"曹孟双眼眯成一条缝，有些嘲弄地看着我。会长马上叫人拿出两盒硬壳中华，分别塞到我和曹孟的手上。"别，别……"我拿着香烟心脏怦怦直跳，看来要当记者我的脸皮还是太薄。

不一会儿，会长就把他的焦虑传染给了我们。马道街的北边入口有一座老桥，他对桥的来历只字不提，只一味强调这座桥恐怕撑不过今年的马皮活动。他担心突然爆发的赶集人流，会把朽败不堪的老桥压垮。

"区政府不管吗？"

"哼，区政府？他们只管向我们收费，桥垮了，出了人命，都是我的事。"

"以前搞活动不是没垮吗？"

"谁敢拍胸脯说它今年不垮？！桥上又有不少新裂缝了。"

为了证实他的担忧，他带我们穿过街巷去了老桥。路上，曹孟变得十分较真儿，他脸上轻掠过揶揄的神情，悄声说："你够可以的，真是个好演员！"我把他的揶揄置于一边，咂了咂舌继续跟着会长往前走，直到看见那座肮脏的灰色老桥。远远望去，阳光就像白色花环披挂在老桥身上。会长连并着几个大步跳上桥，像朋友似的对着桥栏呢喃："老朋友，无论如何帮我再撑一回啊。"他用手抚着冰冷的石栏，神

215

情让人感觉他真想大哭一场。这座老桥样式考究,但遍布的裂缝就像在大火中龟裂而成。也许完全可以修复,但归根结底得有人愿意掏钱。一提钱,不亚于又给会长当头一棒。他急得一把薅住我的手臂:"听我说,小老弟,我们搞三次马皮的收入,也不够修这座桥呀。修桥的事是不是应该归区政府管?!"

这座桥的前景的确令人担忧。吃完晚饭,会长又在祠堂里忧心地与人讨论起来,他必须尽快决定马皮活动是否在第二天开始。他经受着痛苦,他期待的高妙办法一直没有出现。谁也说不准这次马皮活动是会让会长完蛋,还是会让他名利双收。满屋是"吧嗒吧嗒"的抽烟声,每个人的眼神都那么沮丧。也许是运气,曹孟突然冲动地想到一个好主意。在和盘托出主意前,他先问会长:"如果让人排队过桥,你估计老桥同时受得住几支单人队伍?"一句随随便便的问话,马上激活了会长的脑子,他拍着脑门直嚷嚷:"对呀对呀,我可以派人把着桥头,让人排队过桥!"

四

会长连夜让人在马道街上架起了大喇叭。他这里望望,那里看看,四处巡视着架设情况。我和曹孟陪着他时,他几乎都不说别的话,嘴里只是硬邦邦地抱怨:"你们看看,人怎么都这样,只知道拿钱,都不好好干活。"他对那些气喘吁吁爬上电线杆的架设工,总有一肚子的不满意。他那股热烘烘而生机勃勃的怒气,倒像有什么魔力始终吸引着我们。会长说你们回去睡吧,明天有你们忙的呢。我们则傻愣愣地瞪着双眼直摇头,然后继续跟着他往前巡视。过了凌晨三点,所有料想的问题都解决了,会长的情绪才有所好转。他像父亲似的用手揽着我的肩膀,"小老弟呀,明天可是一条大新闻哪。"亏了他提醒,我几乎忘了自己的"记者"身份。除了干巴巴地点着脑袋,我只能一声不吭。他的嗓门儿又粗又大,在空寂的街巷里来回荡漾,激起了我心里的一丝羞愧。

　　那一夜,我和曹孟一直晃荡到街上没了人,才临时找了一家旅馆去睡觉。会长走了以后,我们商量了一会儿,承认再这么漫无节制地晃荡下去,在老街区也凑不到什么热闹。谁想到,我们的身子一老老实实沾着床,就睡得格外酣沉。直到第二天中午,窗外的吵闹声像斧子劈进来,我们才从梦中惊醒。金子一样的阳光,仿佛在白墙上码了整整齐齐的一排金砖。我们不敢相信奇迹已经降临,于是,一骨碌起身冲到窗户跟前。小旅店的窗户临着街,一幅让人欣慰的景象出现在眼前。街上人头攒动,我小心翼翼地从窗口往下看,感觉到处像均匀地铺了一层黑发,让人想不起还有别的杂色。闹哄哄的声音,甚至让人根本来不及忧伤。毫无疑问,马皮活动已经开始了。

若在我住的长白区,单凭嗅觉,我就能找到热闹的中心在哪里。但在尧化区,到处都涌动着弯弯曲曲的人流。我们在人群中挤来挤去,渐渐庆幸哪里都可以算中心。遇到交叉路口或人群的阻挡,人流便像粗大的黑辫子绕过转盘,绕上一会儿辫子就散了。我喜欢在人群里横冲直撞,大概冲过第三个路口,回身昂着头再找曹孟,已经不见了他的踪影。我越睁大眼睛,人群越像一团灰蒙蒙的、不分彼此的雾气。

马皮活动已经进入了高潮。随着远处传来"走!""走!"的吆喝声,人流挣扎着让出一条道来。原来手执铁戟的扮鬼者出现了。他恶狠狠地把人群往街道两边赶。他的铁戟里好像藏着什么危险,只要他把铁戟朝人群脚前一扎,人群就倏地往后退。插在脸上的长剑随着他的一蹦一跳,微微甩动。他的脸上真的没有一滴血,加上不可一世的架势,扮鬼者既让人迷惑又让人敬畏。

扮鬼者硬是开出了一条变形的道。一支走走停停的耍龙队伍,远远落在他身后百米的地方。一开始,很难觉察耍龙队伍发生了什么事,直到我远远看清会长一脸的怒气。我走上前去时,会长根本没有心思理睬我。他正对着耍龙队伍里的头目嚷嚷着:"你说说看,你们做人还有什么信誉?"他的怒气依旧生气勃勃。只一会儿,我便明白是什么事在寒彻着会长的心。原来耍龙的人故意把队伍停在街上,临时要求会长加钱。"多少钱不都事先说好了吗?为什么临时变卦,漫天要价?"耍龙队伍任凭他叹气、大声嚷嚷,就是不肯再挪动一步。"我算倒了血霉!"最后,他只好鼓着双眼做出让步,嗓音嘶哑地嚷道:"加加加,加钱!"这一声怒吼让耍龙的头目顿时大喜。头目马上凑过来叽叽咕咕和会长说定钱数,然后把手向前一挥,耍龙队伍又利索地向前移动了。

说实话,我气得肺都要炸了,但爱莫能助。我一时对街上耍的那条长龙起了反感,便逆着它的方向往前走。等慢慢悠悠踅到老桥,却发现会长已经在那里了。为了让过桥的人排队,他正手忙脚乱推搡着人群。出于敬意,我决定上前去帮他。来到桥头,便感到整个世界好像要从桥上被挤过去。会长几乎没有时间看我,但他的嚷嚷声依旧很洪亮,"你来得正好,快帮帮我。那些狗日的没责任心哪,给了钱叫他们看桥,现在溜得连人影都不见了。"我勉强还算得上生猛，于是雪崩似的朝人流吼了起来。结果和会长一人把一头，好歹把过桥的人给控制住了。足有一小时，我和会长的手臂就像电扇在转动，声嘶力竭的嚷嚷声听起来简直像魔鬼，直到守桥的人幽灵一般出现在面前。也许他们太了解会长，无论会长怎么骂他们，他们反倒乐呵呵地笑。会长痛痛快快地骂了一阵，最后也忍不住"扑哧"笑了，"唉，和你们这些狗日的共事，算倒了八辈子霉。桥没塌，你们有心思笑，桥要是塌了，我坐了牢，看你们还笑得出来？！"

五

刚开始，会长不愿意下桥，直到守桥的人拍胸脯保证不再犯错，他和我才在人群一阵好操中挤了出来。到了人群外边，他倒显得有些束手无策。

"你……跟我一起去吃点东西，怎么样？"

"不了，我得去找下我的同伴。"

"那记着晚饭前去大庙看看。"

"好的。"

我设法逆着人流往前走，希望能迎面撞见曹孟那张熟悉的脸。耍龙队伍已经两次路过我，领头的人不再有劲儿横冲直撞，只是把龙头高高举着往前走。大概是人多的缘故，整个街区蒙着一层淡淡的尘雾，似乎让曹孟在人群中隐得更深了。看着四处黑蓬蓬、乱糟糟的人头，我意识到眼睛再好也靠不住，熟人很容易从眼皮底下溜过去。我睁大眼睛，在老街区兜了两圈，始终未见曹孟的身影。天气虽好，但尘雾让阳光变得昏昏恍恍。我感到尘雾好像开始渗进了脑子里。我想找个凉爽的地方歇一歇，于是就朝人少的城外走去。

老街区南边有一大片沟沟坎坎的空地，被进出城的人当成歇脚的地方。空地东边大概要埋下水管儿，已被翻挖得乱七八糟。由于我不再一心要找曹孟，便学那些进城的人舒坦地坐在石头上。我发现不少人呆呆地望着西边，已经忘了夹在手上的香烟。原来扮鬼者沿着西头正往河边走，他把铁戟拖在地上，插着剑的头简直像一只黑天牛。据说这把剑在脸部要插大半天，而且滴血不流。扮鬼者所到之处，吵吵嚷嚷的人一下就不吭声了。也许是他不顾死活把剑往脸上插，光凭勇气就足以让人怀着敬畏打量他。那些人坐在空地上向西凝视，看着扮鬼者在河边举行着神秘的仪式。

我有个习惯，喜欢从各个方面了解热闹场面。既喜欢观看人们脸上的温馨、喜悦，也喜欢觉察他们脸上的怒气、沮丧、孤寂。于是我逆着人群的目光，逐一打量他们的脸。我发现扮鬼者的凌厉威风，让这些观众的目光变得格外乖顺。他们的一举一动，让我看出他们的日常生活有多乏味。我向东扫视的目光，很快觉察到人群东边的异样。一个女孩儿好像把土堆当被子在取暖，她把双手插在土里，迷惘而飘忽地侧卧在土堆上。我没有飞奔过去。我故意走得很慢，装出漫不经心的样子。我害怕惹祸上身，便停在离她三四米远的地方。不知是喝醉了还是发高烧，她满脸通红。我故意咳嗽几声，只见她努了努嘴，恍恍惚惚地露出一丝微笑。我问她是不是病了，她连眼皮都懒得动一下。她十四五岁，学生的打扮。她的睡姿看上去是何等动人啊。此刻，她必定需要别人的帮助，但我畏缩不前。我害怕被她的家人讹上，决定多一事不如少一事。我像对着尸体似的喊了一声，"有病快去医院哪！"就悄无声息地回到了人群里。

扮鬼者的脑袋继续摇来摆去，双腿还不时做出向上跃的姿势。我坐在那里，心却被远处的少女胳肢着。几乎每隔一小会儿，我就扭回头去打量远处的少女。她卧在那里，就像一只卧着听天由命的天鹅。就在担心所有人都像我一样自私时，我突然瞥见，有个身影朝土堆掠了过去。他背对着我，距离把他压缩成我眼里一块儿模糊不清的杂色。只见他推搡了一会儿少女，就试图把她抱起来。他那种要帮助她的淳朴举动，一时令我羞愧不已。他摇摇晃晃地刚把她抱起来，却一下栽进了土沟里。我坐着足足有三分钟没有动，一秒一秒等着他们重新出现。我朝土堆凝视了好一阵儿，开始担心他们出了意外。

六

我踅过去时，依旧是有节奏的慢行。我绕到沟的另一头，这样沟里的人就不会注意到我。周围一片杂声，让人感到昏恍的睡意。等到可以俯瞰沟底，骤然出现的景象简直把我惊呆了。他背对着我，像一条长虫在少女身上蠕动着。他的身下露出一截少女纺锤白的肢体，少女的内裤已经褪到大腿上。我张开嘴巴，感觉额上的血管突突直跳。我马上明白他在强暴少女。震惊使我站立不稳，视物不清，一切景物在眼里变得飘飘忽忽。天哪，我越看越觉得他像曹孟，身着一样的黑色休闲裤和黄黑相间的方格棉衬衣，连被汗水黏成绺的头发也一模一样。但我不敢上前去证实，这种事情非同小可，一旦被牵连进去，我的前途可就完了。那个畜生连裤子也没有脱，开始在少女身上此起彼伏。我顶着一张惊恐扭曲的脸，开始往后退。我不是不想妨碍他，是担心一旦被人逮住，愤怒的路人定会把他和我的蛋子一齐砸烂。

我一直跑到马道街的中央也没有缓过神来。整个下午，我都沉湎在他是否是曹孟的思绪里。街头触目可及的演出节目、杂货摊、人流，完全进入不了我的眼睛。刚才还历历在目的可怕景象，就像猛禽的尖喙啄食着我的心。大约五点，我按照会长的嘱咐，去了人潮汹涌的大庙。几乎人人都想争当前几个拜神的人，当然只有少数几人能成功。那几个幸运者倒很大方，都把百元大钞往庙前的功德箱里塞。轮到后面的人，往功德箱塞的钱就比较少。我看见会长站在功德箱旁边，对排队拜神的人群充满了期待。我突然有了一个主意，也许这个主意能帮我战胜心里的焦灼不安。当我向功德箱走去时，会长一下发现了我。"欢迎你呀。"他几乎马上好心地提醒我："丢几枚硬币就行，一样灵的。"我知道马皮活动的成败就指靠功德箱里的钱，所以，就在众目睽睽下塞了二十元。拜跪时，我祈祷刚才那个作恶的人千万别是曹孟。

七

我和曹孟是在大庙门口相遇的。他咯咯一笑抓住了我的胳膊。

"你跑哪儿去了？什么事叫你这么高兴？"我脸色阴沉地打量他，总觉得他此刻说话的样子与作恶的一幕不符。我希望他能畅谈一番，这样就能发现他的破绽。没想到我的问话使他感到窘迫。他若有所思了一会儿说："没什么高兴事儿，到处乱转呗。"当我瞥见他裤子拉链边上的白色污斑，又心乱如麻。我该怎么办呢？他的言行、裤子上的白色污斑，让我心头的迷雾越来越浓。

和他说话时，我第一次用了庄重的语调。我对马皮已经兴趣不大，更多是观察曹孟的言行。所以，他往功德箱里塞钱时，我便琢磨他在祈祷什么。是庆幸他的恶行无人知晓，还是向上苍忏悔他的罪行？那晚，本来适应夜生活的他，早早提出要回长白区。当我告诉他，明天一早有收魂仪式，再说我们答应过会长要看完马皮时，他才一声不吭搭着我的肩，去了旅馆。记得两人路过一家派出所时，我很苦恼。一度真想把他交给警察，可是没有勇气这样做。派出所门口的灯光，能让我看清他脸上的紧张神色。

"你干吗这么紧张？"

"我不喜欢警察。"

"为什么？"

"他们成天接触罪犯，我觉得脏。"

他的话就像夜路上的土坑，一时让我不知是深是浅。他提议第二天看完收魂仪式就回家，我也没有反对。当他像涨潮的海浪扑向旅馆时，我则像玻璃缸里的一条金鱼，继续在老街区里转来转去。有时我几乎闭着双眼，沿着已踩出凹痕的青石板，恍恍惚惚地往前走。我还没有死心，想去看一眼下午的那条土沟。

我很害怕靠近那片空地。稀稀拉拉的几个人虽然不像警察在布控，但寂静中有我必须忍受的不安。谢天谢地，我路过土沟时，没有再见到女孩的踪影。月光下的土沟干干净净，一无所有，远看像舒展在地上的黑柳眉，散发着泥土的清香。土沟的美丽景象，让下午的一幕回想起来是那么陌生，简直像幻觉。此刻，为了减少嫌疑，我不敢一动不动地打量土沟，只敢抬头凝望星星点点的夜空。心想曹孟也许与此事无关，也许他的衣着、头发、拉链边的白色污斑不过是个巧合。但一想到警方可能是放长线钓大鱼，我又紧张得浑身发抖。我害怕被人盯梢、跟踪，不时用余光留意着身后，回去的路是那么漫长……

八

第二天清晨，老街区已在薄雾的包围中。看完收魂仪式，曹孟对与会长告别兴趣不大，便约好在马道街的公交站等我。

会长和他的那群人一夜未睡。我走进胡家祠堂时，会长正直挺挺地坐在桌旁，眼睛直视着桌上的一大堆钱，已经倒空的功德箱则塞在桌肚下面。小山似的那堆钱都规整好了，纸币像砖头码放得整整齐齐，闪闪发亮的硬币像打翻在桌上的一摊水银。我问会长情况怎么样，他马上咧开嘴笑了，"马马虎虎吧"。他的笑里既有甜蜜又有苦楚。可是他把脸一转向那群人时，舌头好像就变成了一把戒尺，"狗日的衙门喂不饱啊，这堆钱大半都得喂给派出所、工商所、税务所、环卫所、区政府……"

我替他痛心地摇了摇头，然后犹犹豫豫地问他："你们明年还办吗？"

"哼，明年？还会有明年？房子都拆了，办个屁呀……"大概意识到自己嗓门儿太大，不够礼貌，他忽然压低嗓门儿，换了一个话题，"那个跟你一起来的小伙子呢？""哦，他还有点事情，不过来了。"他紧蹙着双眉，几乎用喃喃自语的音量对我说："第一面我就觉得他心事蛮重的，你以后要多多开导他。"我认同地点了点头。不过一扯到曹孟，我一时连坐也难以坐稳，于是起身急急忙忙告别了会长。

尧化区已经零星拆了一些房子。马道街的公交站正在重建。现有的公交站不过是一块乱七八糟的空地。动来动去的人群和大巴车，让这块空地大概永远也清静不下来。远远望去，曹孟正惴惴不安地蹲在空地抽烟。我缓步走过去时，他似乎不太高兴："你怎么这么长时间才来？"我的回答有些心不在焉："噢，看会长他们数了一会儿钱。"突然，我意识到自己很愚蠢，如果曹孟真是罪犯，让他在公交站等这么长时间，确实很危险，令他很容易被人认出来。

上了车，他把靠车窗的座位让给我。坐的时候，我心事重重。他是好意让我的视线能沐浴在街景里，还是有别的考虑？以前一见他我就感到充实，现在坐在他的身边，我却窘迫不已。我把眼睛朝窗外瞪得老大，却什么也没有看见。虽然他说话的腔调、嘴角抿出的一丝微笑并没有变，但在我眼里，过去的那个曹孟已经消失得无影无踪。偶尔，我想对他说上几句心里话，最后还是抑制住了冲动。轮到他绽开笑容说些什么，我只能面带倦意地点点头。因为我不知道该如何面对这个"新的曹孟"，难道我该一直对他察言观色，时刻琢磨他是好人还是坏人？

◎ 2007年3月28日

金国的指南针

一

金国是一个老单身。即使在酷热难当的夏天,他也会戴着一顶八角无檐便帽,脖子上套着一副假衬衣领子。就算热得汗如雨下,也从不见他把风纪扣当众解开过。面对别人的大惑不解,或哧哧笑声,金国反倒继续鼓励自己:"我是这个城里最有礼貌的人,我不会让自己像他们那样当众赤膊,或把衣服穿得像布条一样东飘西荡……"初中时城里流行过瘌痢头,碰巧他也染上了。病好以后,他就明白发生了什么事。因为他的同学们简直笑坏了,"你的头发掉到梦里去了吧?""你知不知道,你是个秃子?"于是同学们齐声喊："金秃子，金秃子……"他一直记得母亲是怎么说的，"在外头做人，礼貌最要紧。"既然头发已掉进梦里，当然还有可能掉到了月亮上，那么为了礼貌起见，他觉得就应该戴着一顶帽子去上学。从此，同学们每天都要捉弄他好几次。一不小心，他的帽子就被人掀了，在全班震耳欲聋的哄笑声中，帽子在一双双手上飞来飞去。说实话，看他们乐得都发狂了，他反倒不觉得尴尬，心想：如果大家是因为我而快乐，那倒也不错，至少大家见到老师时都很不快乐。

有一阵子，他想离开这座城市，去南方的淘金之地深圳。可是他的母亲告诉他，在给他找到媳妇之前，他哪儿也不能去。一开始，他不认为娶媳妇这件事有意思，不理解与他要去深圳有什么关系。后来，发生了一件事，他算彻底弄明白了。一向哄着父亲的母亲，有一天去世了，这件事让家里乱成一团。平时吐词硬得像铁钉的父亲，很长时间抑制不住地啜泣。父亲擤着鼻涕，用拳头擂着干瘦的肋骨，唠唠叨叨的嗓音变得既柔和又伤心。金国一见父亲哭成那模样，心里的困扰就真相大白了。平时，父亲老抱怨和母亲的生活是泥沼，现在却念念不忘泥沼里的温暖。金国算是懂了，温暖就藏在一个人不喜欢的事里。小时候，他不喜欢别人掀他帽子，但看见他们兴高采烈，他心里竟然是温暖的。他不喜欢娶媳妇,但知道母亲没有撒谎,他不在乎的婚姻里一定藏着什么大宝藏。金国算是想通了,原来母亲是非要他带着宝藏去深圳啊……说真的,从此相亲的事越艰难,他越相信里面藏着大快乐。他发现,只要和陌生的相亲者多说几句话,对方很快就知道他是谁。"他脑子有点傻吧?!"听到相亲者这样议论他,他心里是愉快的,毕竟只有菩萨才能完美无瑕,是人总归会有点损失。有人损失的是胳膊或腿,有人损失的是长相。他自感躯体与任何人没有两样,难免会在别处有点损失。如果老天爷叫他损失一点脑汁,他当然毫无办法。谢天谢地,老天爷同时给了他能叫别人大笑不止的神奇本领。

记得过去,母亲也常把他闹糊涂。为了让他早点起床,母亲总是说街道主任就要来看他了。为了礼貌,他会立刻穿戴得整整齐齐,然后怀揣着怦怦的心跳,一声不吭候在门口。街道主任自然一次没来过,虽然金国心里也明白:"妈妈这回又骗了我。"但只要母亲某天早晨又大声喊:"金国,街道主任就要来了。"他的脑子又会犯糊涂,辨不清这句话是真是假。听见喊声的一刹那,他又会产生非要起床看看的冲动。

母亲的死并不让他怎么伤心,因为他相信大家的说法,母亲真的去了天堂。既然母亲是在跟王母娘娘、钟馗那类神仙打交道,他除了羡慕,还能有什么不愉快呢?对于整个厅堂响起的哭声,他很清楚那是怎么回事。他见过巷子里那些洒着香水的婚礼队伍,有些出嫁的女儿在离开父母时,哭得几乎昏厥过去。他喜欢新娘那么做。人兴高采烈到了极点,情绪就会走向反面。他记得守灵的那三天,亲人们都兴致勃勃地聚在灵堂里打麻将,说着形形色色的笑话。有人眉飞色舞到了极点,就去给他母亲化冥币,哭上一小会儿。哭完,那变红的嘴唇马上又会抿出笑来。在租来的水晶棺材旁边,亲人们完全陶醉在打牌说笑中,还时不时地嘀咕:"她老人家这回真正享着福了!"还说送了这么多钱过去,她老人家不用再为穷担惊受怕了,她成了天堂里最富有的人。他们说的时候他很高兴。他暗想:母亲有了这笔钱会做什么呢?母亲一辈子都盼有自己的房子,她住租来的房子都住厌了,对东搬西迁、居无定处,可谓烦透了心。如果他敢替母亲选择的话,母亲一定会买一套小公寓,而不是什么别墅。他十分清楚,母亲绝不会铺张浪费,不然她定会从坟墓里站起来厉声骂娘的。

当然,最让金国高兴的事还在后头。父亲代表死去的母亲传了话。母亲像养小鸡似的攒下一笔零花钱，临死前嘱咐父亲，拿它给金国买一辆他一直想要的进口自行车。拿到自行车的那天，金国像刚下了蛋的母鸡，咯咯嗒嗒地说个没完。一整天，他完全控制不住话匣子和脸上的笑容。那两道浓眉下的大眼睛只要一瞧见人，还没等人走近，他就满脸堆笑，唯恐别人不知道他买了车："我有一辆进口车，嘿嘿嘿……车可好啦，有了它什么道儿我都敢走。"城里人正对私家车充满兴趣，于是就有人非要探个究竟："什么车叫你这么高兴，是悍马越野车？"金国学会了卖关子，觉得吐露真相的时机还没到，"嘿嘿嘿，反正我那车子呀，是车棚里最亮的。"他用手画着弧线，指了指楼房后面的车棚。这下轮到人家心里怦怦直跳了，以为就要见着宝马或凯迪拉克。等两人走近铸铁的车棚，却什么汽车也没见着。人家皱着眉头纳闷了："你带我来看什么呀？你的车呢？"金国站在那辆进口自行车跟前，完全忘了它不是人，他用手把它上上下下摸了个遍，边摸边说："喏，就是这辆！除非你亲眼看见，不然你不知道它有多棒。"脑子正常的人当然耐不住了，倘若金国遇上的主儿有涵养，就会盯着金国那双神采奕奕的眼睛："你脑子有毛病吧？！"倘若金国遇上的主儿是大老粗，空气中难免就会扬起一顿臭骂："操你妈，你没事耍我呀？！

呆×！"

　　别人的挖苦或臭骂，都不会叫金国受不了。对他来说，那不过是一朵从眼前飘过的黑云，云过自然就会天晴。真正让他感到不妙或绝望的，是无人能像他一样，打心眼儿里欣赏那辆自行车。他想：聪明人都去爱汽车了，只有一个叫金国的笨蛋还在爱自行车。他始终想不通这是为什么。承认这里边暗藏的道理曲折幽深，大概超出了他这个笨蛋的脑力。有一天晚上，他可能是被一阵风声惊醒，起床后头晕目眩，感觉什么都在摇晃，他想：莫非是发生地震了？于是立刻紧张地往楼下跑，不到半分钟就来到了楼下的车棚跟前。借着月光，他看见一个女人正蹲在他的那辆自行车跟前，地上还放着几把老虎钳。他认识那个女人，她操着一口外地口音，在巷口一直靠卖废品为生。看见他把去路堵住，那女人马上露出灿烂的笑容："这辆车真漂亮，我实在太喜欢，刚才路过，便忍不住过来看一看。"这话把他的心真正触动了。真不赖呀，原以为再也遇不到爱他那辆车的知音了，没想到知音在深更半夜出现了。当然，地上的几把老虎钳也把金国弄得有些糊涂，"你看车子，干吗带几把老虎钳？""你别瞎想，我刚帮别人干完活儿，带着老虎钳准备回家，刚好路过这里呗。"这话叫金国羞愧难当,心想:唉,我真是智力有限,都想到哪里去了?那时,大概只有月亮的品位和金国一样,在津津有味地欣赏着人间的这件奇事。她已经不是他认得的那个女人了,她看上去就像新娘一样美丽。后来她迟迟疑疑的笑容,在他眼里简直就是迷人的羞涩。他几乎一下就喜欢上了她。

闻讯而来的父亲看见一个人影溜出了车棚,只剩下金国一个人站在月光下。金国脸上的表情表明,他还沉浸在刚才的惊喜中。父亲看上去很忧心,问他脑子里是不是还在做梦?他拼命摇着脑袋:"这是楼下呀,又不是楼上。我做梦是在楼上呀。"父亲怀疑溜走的那个人是小偷,没想到这个想法令金国叫了起来:"我可以做证,她不是小偷,她刚才在欣赏这辆自行车!"父亲哭笑不得,但希望他说出那人是谁。

"我不认识那人。很多见过的脸我都忘了。"

"我好像听见你们刚才还在说话呢。"

"我和谁都能说上几句。对我来说,这世上没有陌生人。"

二

金国简直等不到第二天,但他故意挨到中午,才磨磨蹭蹭在那个女人的家门口露面。那女人叫韩岭霞,以前对他的态度并不好,显然知道他的情况。当他朝她那间小屋走过去,她脸上露出了不同寻常的笑容:"呦!是什么风把你吹来的,找我有事啊?"金国费了半天劲,才在堆满废品的屋里找到能体面坐着的地方。接着他的手开始有些颤抖:"我不知道该不该说,嘿嘿嘿……""什么事叫你这么吞吞吐吐。快说吧,我听着呢。"他的脸涨得通红,只敢用余光打量着韩岭霞,"嘿嘿嘿……我想和你搞对象,我真的很喜欢你。""我的妈呀,你这是说的什么话?""昨天半夜,当我知道你也喜欢那辆自行车时,我就突然喜欢上了你。"金国的话压得她大气都不敢喘,她屏着呼吸问他:"昨晚的事你还记得?""当然记得,一辈子都忘不了。"听罢,她的脸上骤然浮起一个苦笑,"是啊,我们的确有不少共同爱好呢。"金国感到得意和自豪,就问她:"那你同意啦?"

"先别这么说,让我考虑考虑。"

他自知一点女人的习性,女人越迟疑,越希望你把肩膀给她靠一靠。最后他十分坚定地说:"那好,我会等着你。要是哪天结了婚,我们就可以去深圳了。"他已经不管她说了什么。他头一次发现她是个不爱化妆的女人。心想:她和我的共同点还真不少呢,一样都对化妆没有任何兴致。

过了没几天,巷子里发生了一件大事。大约清晨五点,警车和消防车的鸣叫声突然响彻巷子。金国急忙跑到窗口,望见巷口有一股浓烟直冲天空。不少人赶紧起了床,奔去看热闹。他们站在黄色的警戒线外面,就像主动去庆贺婚礼似的。救火车的高压水柱朝火场一浇,原来的黑烟顿时变成了白烟。那股白烟分明来自韩岭霞的屋里。韩岭霞吓得双手发抖,浑身衣服已被水浇得湿透。只有金国把这场火灾当成了自己的烦恼。火灭之后,他着迷似的帮韩岭霞收拾满屋的垃圾。他像牛马一样给她打工,分文不取。到了吃饭的时间,还从家里给她端来饭菜。他难以抑制想往她那里跑的冲动。面对周围人的哧哧笑声,他不感到难堪。心想:一切顺其自然吧,就算脚趾缝里长草,又有什么可惊慌的呢?

以前他不觉得偷东西是什么好事。自从韩岭霞怂恿他小偷小摸,他几乎是爱上了这门手艺。他到炒货店里和人吹牛,会趁乱摸几把瓜子,带回来给韩岭霞嗑;他偷走了修车行里的一个摩托车配件,交给韩岭霞去卖钱;他去浙江人开的裁缝店神聊胡侃,顺手牵羊拿走一块布料。至于超市里的一只鸡蛋、一条冻鱼或一支钢笔等,只要没贴上标签又能放进袖筒里的,他都会毫不犹豫地带走。他喜欢韩岭霞见了这些东西时的眼神，那简直就是初恋女人见着情郎的眼神。多亏了金国帮忙，韩岭霞总算渡过了难关。这么长时间小偷小摸的生活，已让韩岭霞对他依赖有加。她时常夸他头脑灵光，"谁说你笨的，你其实比正常人还要聪明。"她的赞语时常让他飘然若仙，不知身处东南西北。"咱们以后在一起还能干更大的事呢。"就在金国迷惑不解什么是更大的事时，韩岭霞给他脸颊意外送来了一个吻，"我不用再考虑了，和你在一起真的很棒。"她的那个吻真叫他受不了，尽是大蒜和葱的气味，不过他相信这种不好闻的吻里，肯定有宝藏。她第一次那么深情地看着他，抓起他的手："相信我，你会和我一起生活的，但你现在必须有耐心。"

一开始，他不知道她说的耐心是什么。不过他很快就明白，韩岭霞喜欢金国和她说话，喜欢金国帮她做事，但她的身子绝对不允许金国碰。虽然金国喜欢上了她身上的每个毛孔，却只能通过阅读武侠小说，把他的欲念往精神上升华。她就像从门缝儿里射进来的一道阳光，硬生生要把他一劈为二，让感情栖息在她身上，让身体游荡在武侠小说里……

三

只有金国的父亲在咒这场恋爱。他望着金国，总是露出忧心和悲伤的神情。金国不允许父亲冒犯韩岭霞。有一次，父亲拎着一根棍子去找韩岭霞，被金国一拳打了回来。后来，父亲只好跑到邻巷的小佛堂里，跟着住持吟唱："人天长夜，宇宙黢暗，谁启以光明？……"他瘪着没了牙的嘴吟唱时，希望祈祷能让韩岭霞的坏心停止。韩岭霞也躲在屋里咒他，声音更年轻，更甜美。也许魔鬼更愿意受女色诱惑，没过多久金国的父亲就死了。金国听到了很多反对他的闲话，都说儿子不成器，给刚丧妻的父亲雪上加霜，叫老人家郁闷而死。

金国毫无办法，也跑到父亲去过的小佛堂求助。那里的住持毕竟已经修炼到家，一席话说得他心里暖融融的："本无善，也本无恶。只要心诚，一切都是佛缘……"金国心想：这就成啦，这样我就不致被各种闲话弄昏头了，虽然我脑子不好使，但心诚这点可以说无人能比。

总有人成心想给巷子里的人找乐子，于是各种不怀好意的消息就汇聚到了金国耳朵里。有人说："金国，我看见有男人半夜进了韩岭霞的屋里。"有人说:"金国,我看见有男人在树下搂着韩岭霞。"每次金国都会真跑去看一看。也许事情已经发生过了,金国只能看见一棵孤零零的柳树,它的身子像韩岭霞似的在他眼前飘来荡去。或者,韩岭霞的那扇门不用劳他费劲敲,就自己敞开了,他进去后看见的还是满屋废品。只有一次,当他必须费劲敲门时,韩岭霞像惊涛拍岸一般在屋里朝他怒吼:"滚开,你快回去睡觉!"屋里一片漆黑,他在窗口什么也看不见。金国不想往回走,他把月亮当一盏路灯,掏出武侠小说来读。这回不是金国搞错了,他听见屋里有两个人的声音。金国越来越担心,屋里的呻吟声听起来就好像韩岭霞在不停地挨揍,不说被打得不成人形,至少已经痛不欲生。他觉得自己必须像个男子汉一样去营救她,于是抬起脚来哐哐朝门踹去。他不再理会韩岭霞的骂声,心想:那个坏蛋实在高明,居然逼韩岭霞疯了一般骂金国。就在门快要被踹垮时,韩岭霞从门里跳到了月光下。她一把将他拽到远离门的犄角旮旯。

"你这个傻瓜,你到底想干什么?"

"我想找刚才那个打你的人。"

"谁打我了?我不好好的吗?"

那天月亮挺亮,影子怪黑。说话间,他被余光里的影子吓了一跳,等抬头环顾,那个影子已经不见了踪影。"好像有个影子从屋里跑出来了。"

"你又在说胡话,屋里就我一个人。"

韩岭霞领着他去检查只剩废品的屋里。为了解开他心里的疙瘩,她第一次袒胸露臂,让他看了身子。她白花花的身上确实没有任何伤痕。毫无疑问,他的耳朵刚才一定出现了幻听。至于那个影子,要么是幽灵的影子,要么就是一朵云的投影。既然真相已经大白,他便主动道歉:"实在对不起,是我想歪了,请你原谅吧!"

"好了,你快走吧,我咒你晚上做噩梦……"

四

说来也怪,自从韩岭霞夜里欣赏过他的车子,喜欢他车子的人便有增无减。不少次他早晨起来,看见车子上的锁又被人撬了一两把。眼前的景象让他分外激动,"这个撬锁的人是谁?居然和我一样,也想拥有它"。他没想到人们喜爱自行车的素养,没有因汽车出现而消失殆尽。这使金国对撬锁的那些盗车贼肃然起敬。有时,他干脆站在车前,好好欣赏一番盗车贼的杰作,意识到在乍看不好的事情里真的藏着宝藏。那时,他心里真是愉快啊,愉快就像心底的一只松鼠，随着他的视线到处跃动。当然，不断给车加锁也让他有些难受，他常叹着气喃喃自语："别怪我不肯拱手相让，至少你们还得等啊……"为了叫那些盗车贼等得安心，他不知道究竟买了多少把车锁。他的笨办法很管用，几乎没人能认全他买的锁。各式各样的锁乱七八糟地相互绞着，把车牢牢拴在车棚的铁柱上。有时，他从一场噩梦中惊醒，也会从床上跳下来，跑到楼下车棚去查看。

到后来，他都不指望出现什么别的情况，反正每周总要损失几把锁。但他的精神不会为此崩溃，他很愿意和那些盗车贼纠缠到永远。他甚至暗暗高兴，总有人愿意费尽心机，花费工夫陪他爱着这辆自行车。与盗车贼的暗中较量中，他一直很成功。轮到他要用车，他从不厌烦一大堆混乱无序的锁。他对花费大量时间开锁并不畏惧，总是含笑自问，"对我来说，第一分钟和第十分钟又有什么区别呢？"

有一天，韩岭霞突然变得十分温柔。她说她的胃难受，想叫金国整个晚上陪着她。金国高兴得心口发慌，应允晚上把她接到自己的公寓。睡前她问他有无打呼噜或失眠的习惯，他羞愧难当："有的，有时睡着睡着会被呼噜吵醒，就不困了。"她提醒他，她最怕晚上有人打呼噜或失眠，呼噜声会把她的睡意彻底冲跑。她倒了一杯开水，叫他服下两粒药丸，说是抑制呼噜或失眠的灵丹妙药。那晚，他感到真不错，她让他碰了身子。她的肚子比他想象的要大，下腹还有几道山谷形的弧线。他说不出道理，但那几道山谷形的弧线确实让他着了迷。他问她应该怎么称呼它，她亲了亲他的脸说："那是月牙。"

"月牙不在天上吗？"

"不，人间也有月牙，是天上那个月牙的兄弟。"

他抚摩着那几道大弧线，对那个回答已心满意足。很快，他在梦里又见到了月牙。他梦见有一天，大家都到广场去赏月，只有他能透过暗淡的夜空看清，其实是韩岭霞高悬在空中，那白亮的月牙不过是她肚子上的大弧线。广场上挤满了人，除了他，没有人知道韩岭霞的存在。他很高兴大家此刻共命运的月牙，是他恋人的一部分。他激动地指着月牙大声喊："她是我的女朋友！"起先大家惊讶地看着他，接着就哄然大笑。

"它还是你的妈吧？！"

"快买个冰激凌送上去，给你女朋友吃呀。"

他发现，这些挖苦话叫韩岭霞的脸变了色。突然，她生病似的像一块石头直往下坠。广场上的人既然不承认那是他女朋友，也就不可能担心她会

245

被摔死。只有他被吓得直冒冷汗，疯了一般边喊边跑："快接住她，快接住她!"当奇响无比的落地声从远处传来，他一下被吓醒了……有好一会儿，他躺在床上一动不动。空气中仍有丝丝缕缕韩岭霞的气味。他忽然记起韩岭霞应该和他睡在一起，但他瞪大眼睛到处都没发现她的身影。他看了看钟，恰好是凌晨两点。他起床穿上衣服，然后打开了通向楼道的门。他担心梦里的韩岭霞出了事，真会影响到梦外的韩岭霞。他边走边祈祷，阎王爷呀，你可千万使不得。他的心几乎快要从楼道里蹦出去。

漆黑一下没了，他又来到月光下。月亮不再是那条大弧线，它变成了圆硕的银果壳。说是幻觉也行，报酬也罢，他觉得头顶上分明是韩岭霞那又白又圆的乳房。他对它已经怀着恋情。即使这样，他还是注意到了车棚里有些异样。突然，他意识到他的车子不见了。接着，是直觉领着他出了院门。他跑起来，就像长了一对翅膀，大概只半分钟，就看见了他的那辆自行车。

韩岭霞本来骑在自行车上，听见身后传来熟悉的叫声，索性下了车。她尽量把头对着前方，就像根本没看见金国，独自推车朝前走。起先金国惊讶得说不出一句话，像被眼前的景象震慑住了。他捏了捏自己的腿，证实不是在梦中。最后是沉甸甸的心情逼迫他开了腔："你，你怎么偷我的车呀？"

"这算不得什么偷，迟早也是我的。"

"你这是什么意思？"

"别装蒜了，我们迟早还不是一家人吗？这车子到时候还得交给我管。"

她的话叫他心里一阵儿暖和。她说得对呀，也许要不了多久他们就会结婚。倘若真那样，她还会带着这辆自行车和满屋的废品，一起搬进他的公寓呢。

那晚的事就那么戏剧性地结束了。金国同意了韩岭霞的做法，把自行车先存放在她那里。可是没隔几天，她的屋里就没了那辆自行车。金国心急如焚地问她："我的自行车呢？""什么你的自行车？你这个傻瓜，那是我们的自行车！""好吧，那我们的自行车呢？"韩岭霞平静得就像他眼前的那张桌子："我把它卖了。就当你订婚给的聘礼吧。"起先金国像挨了一闷棍，眼冒金星，"什么？就算聘礼，你也不应该卖掉它呀？""既然是聘礼，我就有权卖。怎么？有了我你还不满足？我在你心里还不如你的那辆自行车？"说着她揪了一把卷纸捂住鼻子，双眼滚出了好几滴泪珠。金国一下被她的样子搞糊涂了。一时间，他不知是该哭还是该笑。愣了好一会儿，他终于小心翼翼地问她:"那我们什么时候结婚呢?"韩岭霞那时才转涕为笑,瞥了他一眼安慰道:"快了,快了……"

五

又过了一天,他始终不知道一里远的地方发生了什么事。但消息还是从左邻右舍传了过来。当他赶到韩岭霞的住处时,远远望见门口挤了一堆人。他慌里慌张往里挤时,人群给他闪开了一条道儿。屋里已是一片狼藉,只剩下一些垃圾。接着,大家让他看了韩岭霞留给他的一封信,抬头清清楚楚地写着金国的名字。据说发现那封信的人很兴奋,他叫来了所有左邻右舍的人。原来韩岭霞给金国留了门,把信搁在进门就能望见的床上。是的,韩岭霞忏悔自己撒了弥天大谎,她其实是一个结了婚的女人。和金国交往以后,她有一种感觉,继续欺骗金国的感情,注定会受到老天爷的惩罚。她说金国的善良简直逼得她心里要长钻石。她说一切已经太晚,为了生存她不能停止骗人,但她可以停止骗金国。她不辞而别,既为金国好,也为能叫自己心安。

从前那些喜欢捂着嘴朝金国嗤笑的人,也被韩岭霞的公开信激怒了,他们怂恿金国到派出所去报案。

的确，一开始金国也感到天旋地转，尤其是那封信在他手上几乎旋成了电扇。但是，等到他从那封信里看到韩岭霞的容貌，他又得到了慰藉。他觉得韩岭霞说的那些话叫他特别受用。他完全忘了大家的愤怒，用手端着信，小心翼翼地把它贴在了胸口。他一把将那些围着他的人推开，在一片诧异和摇头中，大步流星地往自己的家走去。

那封贴在他胸口的信，仿佛让他看见了韩岭霞在哭泣。他感觉无论韩岭霞到了哪里，与他都只有咫尺之遥。实际上，只有他知道那些坏事变好事的道理。既然韩岭霞把坏事都告诉给了他，那么他只需像往日那样生活，接着再来打搅他的好事，肯定又是一辈子忘不掉的……

◎ 2008年6月15日

枪支也有愿望

陆家读《福尔摩斯探案记》时，感到了一丝痛苦，突然意识到自己与书中的罪犯没有两样，都属于福尔摩斯千方百计追踪的人。是啊，他跟着一个叫七毛的混混，四处打架逞英雄，被打倒的人哇哇乱叫时，他们这群动手的混混就乐不可支。他们动手似乎没有什么原则，谁妨碍他们，他们就打谁，甚至看谁不顺眼，他们也打。有一天，他从同学姐姐手中借来柯南道尔的著作，读着读着，他蓦地觉得打架无聊透顶。他觉得打架时的愤怒、憎恨，都是七毛煽动起来的。每次他出门打架时，内心并没有愤怒和憎恨，甚至不知道七毛那天晚上将要打谁？这个"谁"跟他无关的程度，不亚于斐济与他的无关，他凭什么要去打这个"谁"呢？他是这群混混中少有爱动脑筋的人，他真的为这个问题苦恼过。似乎真正吸引他打架的，只是打架双方对峙时的那点刺激，和拳头落下去的那点快感，但随着他们这帮人的势力越来越大，一边倒的胜利，开始令刺激和快感大打折扣，甚至被打者的痛苦号叫，已经渐渐叫他内心变得纠结。

《福尔摩斯探案记》来得正是时候。不仅给他这个"罪犯"带来反省，也给他带来一门学问——弹道学。书中的痕迹学和弹道学，可不像他的愤怒和憎恨那样空洞无物。书还没读完，他已经迷上了这门陌生的学问。他甚至找父亲谈过一次，听说父亲早年研究过现代物理学，觉得父亲脑子里应该有他要的答案。父子俩深谈一夜，谈话结束，他反倒更迷惑了。原来弹道学不属于现代物理学，恰恰属于被现代物理学所排斥的古典力学。父亲只好给他画一条抛物线说，子弹会沿着这条线飞行，弹道学就是研究这条线的。他当然听不懂！一是他不理解子弹打出去怎么会是曲线？二是就算子弹飞出去是一条抛物线，怎么值得学者花一辈子研究它？既然事有蹊跷，他就不能放过，他喜欢挑战，这也是他当初参与打架的原因。寻遍镇图书馆，他没找到一本正经谈弹道学的书，个别能扯上边的都是旁敲侧击，一笔带过。一天，他翻到一本杂志，里面多处出现了"弹道学"一词，文章介绍美国空军投弹前，要用弹道学计算落点和入地深度。这篇文章让他大开眼界，证实了弹道学果真如他所想，神秘莫测，父亲太小看它了。他孤身一人待在图书馆里，觉得"弹道学"帮他打开了一个更迷人的世界，比打架迷人百倍千倍的世界……

他把那本杂志借回家，爱不释手。到了该出去打架的傍晚，他依旧手捧杂志，呆定地坐在家里。窗外响起了他熟悉的暗号声——三声猫叫。他起身走到窗前，望见那帮来邀他打架的混混们，正在楼下手舞足蹈，招呼他赶快下楼。他丝毫没有动心，用手势告诉他们，他吃坏了肚子，不停拉稀，没法出门。他们不把他的手势当回事，也许根本就不相信，继续掏出中华牌香烟诱惑他。他不知从哪儿得来了定力，坚定地摇头表示不打算出门。他们不敢相信他怎么变得这么不可理喻，纷纷把大拇指朝下，骂他是孬种。换了从前，他一定会被激将起来，不会甘心待在家里证明自己是孬种。但那天，他就像一个还不起债的负债人，任凭债主骂他，他都甘心接受，但依旧我行我素。楼下的混混们最终觉得没劲，只好悻悻离去，陆家自然错过了那晚的打架"盛况"。

这拨人中那位目光如炬的老大，一个比他高三届的同校生，那晚作战勇武，用砖头狠拍了外校一个刺头的脑袋，刺头当场倒地昏迷不醒，吓得这拨人纷纷逃散。刺头差点死掉，有很长时间完全靠插鼻管呼吸。这拨人再也高兴不起来了，老大被抓，判劳教五年，其他每个在场的混混不管动手与否，人人有份儿，或判劳教或被学校开除……

得知消息的那天，陆家夜不能寐。他费了很大劲儿才想通，上帝为什么用弹道学来拯救他。要不是弹道学，他肯定也会落得同样的下场。为了表达感激，他把《福尔摩斯探案记》供在床头，对着书好一阵跪拜。弹道学原先是学问，现在是菩萨。这菩萨不仅把他从混混堆里捞出，还让他怀揣着理想进了大学。填写高考志愿时，父母担心他光填有弹道学专业的大学，毕竟全国有此专业的大学仅有两所，但他像害了相思病，无法容忍自己去别的大学。也许是势所必然，他总算如愿以偿，考进了弹道学最权威的那所大学。读到大四写毕业论文时，他的才华被弹道学权威发现，于是，好运继续眷顾着他——他被作为尖子生留校任教。

教学之余，他喜欢研究点儿什么，当然无意研究弹道学之外的任何东西。有段时间，他对用纸靶测量枪弹的飞行姿态着了迷。他并不在乎枪弹怎么飞，只对纸靶与枪弹的撞击感兴趣。为了不干扰枪弹的飞行姿态，沿途应该少放置纸靶，但为了测量枪弹的飞行姿态，沿途又必须多放置纸靶。他觉得此两难境地里隐藏着哲学，究竟隐藏着什么样的哲学呢？他一时也想不明白。

一次，他带一位研究生做AK47冲锋枪射击实验，半天射击下来，密闭的靶道里全是硫黄味，甚至他的头发、贴身的内衣也散发着这种气味。到了下午四时，他们打了数百发子弹，收集了大量有待分析的纸靶。研究生开始焦急不安，低声下气地求陆家，说要去火车站接外地来的女友，他不得不提前离开。陆家瞥了瞥腕上的手表，无奈地答应道："那你去吧，我再打一会儿。"

当靶道里只剩他孤身一人时，除了枪械声，外面的世界仿佛已经不存在，靶道墙壁的隔音效果出人意料地好。他重新装上十九发满装的弹夹，把AK47设置为连发。一扣扳机，突然听到了一句大得吓人的话："噢，我憋死了，终于可以说话了！"

他吓得差点儿退进墙角。是谁扯着嗓子喊啊？声音分明就在近前。长长的靶道一目了然，并没有其他人，声音更不可能来自靶道外面。尚未冷却的枪管，冒着袅袅热气，令他蓦地想到声音会不会来自枪管？

他取出弹夹，瞧见里面还剩七发子弹。稍稍一想，内心一惊：刚才一梭子打出了十二发子弹，那句大得吓人的话正好有十二个音。他重新装上弹夹，打算把余下七发全射出去。当他忐忑不安地扣动扳机时，一句短促的话立刻从枪管冲了出来：

"别怕，请跟我说话！"果真是一发子弹蹦出一个字音。

他惊喜万分，马上从弹药箱里取出一个满弹夹装上，合上枪栓。开枪前，他紧张地清了清嗓子，对枪说："为什么你会说话？其他枪不会呢？"为了听清枪说的话，他扣扳机时，几乎闭上了双眼。

"它们都会说话，但你们听不懂，只有我会说人话！"

他马上再装上一个弹夹，"谁教你的？"

"跟你老师们学的，他们可懒了，干活拖拖拉拉，永远在闲聊。"

他跑去抱来一摞弹夹，放到架枪的金属台上，"你真聪明，光听闲聊就能学会人话。他们一般闲聊些什么？"

"都说你傻，光知道干活，不懂交际，将来会吃大亏的……"

陆家真不敢相信它说的话，只恨自己不能更快地装上弹夹,"那么,他们怎么看我的学术呢?"

"都承认你顶呱呱,但又都认为光这样没啥用,真正有用的是人脉。"

陆家显然听不进这些话,如果老师们当着他的面说,他会很不在意。可是不知为什么,当知道老师们背后也这般议论他,他竟变得沮丧起来。他和老师们究竟谁已经变得不可救药了?本来他心中是有答案的,但此刻他倒有点恍惚、茫然。他把手指再次放到扳机上,他万分需要听到枪的想法:"那你怎么看?"

"你和你的老师各对了一半……"

这句话令陆家诧异地松开了手指,转动眼珠冥想半天,愣是没有想通。"为什么我只对了一半?"

"你越勤奋,做枪下鬼的人也越多,不是吗……"

枪的这个想法惊了他一跳。枪管喷出的那股硫黄味,似乎令他有所醒悟。莫非枪里有个比他更健全的大脑?他迫不及待地拆下枪栓,朝枪里仔细打量,除了枪管膛壁的螺旋膛线和黏在膛壁上的火药残渣,视线并没有寻到什么异物。他转身又去搬来一箱弹夹。开枪前,他静静聆听了一会儿靶道里的沉寂,不再觉得孤单。他就像遇到了一个智者,迫切需要得到枪的点拨。

"那他们对的是哪一半?"

"他们懒散、拖沓，数据造假，无意中也是对间接杀人的消极怠工，部分维护了人道……"

陆家显然有点儿着急："那我对的那一半是什么？"

"你有求真的精神，这会让人类造出更好的武器，也会让人类有更高的道德和觉悟，尽量不去动用武器……"

它是哲学家无疑，陆家想。看来有脑子的哲学家不一定非长着脑子，长着脑子的哲学家不一定真有脑子。陆家巴望和它多聊聊，完全忘了吃晚饭的事。有趣的是，枪先生倒没有忘记，开始提醒他："你该吃晚饭了，别太勤奋。别忘了，你懒点也是对和平的贡献……"陆家脸上虽然露着疲倦，但他还是不肯收手，"你们有没有吃饭睡觉这一说？"

枪管吞烟吐雾地说："我现在就在吃饭啊，你一开枪就等于给我喂饭，所以，你不能让我吃得太饱，会撑死我的……睡觉嘛，我们当然也需要，没事干的时候就睡觉。"

陆家听完，顿时红了脸，内心不再像过去那样亮堂了。他一边说对不起，一边卸下了弹夹，"那你先休息，我们明天再聊吧！"

翌日清晨,陆家罕见地起了个大早,罕见地去校园广场溜达了一圈儿,呼吸新鲜空气。昨晚,他几乎睁着眼睛,看着窗前的月光,难以入眠。还没有老师和他探讨过同样的问题,从前他们只知道嘣嘣开枪或轰轰开炮,以此赚取科研经费。他赶在中老年妇女涌向广场做操之前,离开了广场。

他隆隆打开靶道铁门时,心情竟有些激动。他估计枪睡了一夜,应该起床了吧?这个二十多岁的年轻教师,就像侍候自己年迈的父亲一样,找出一块干净的白棉布,开始擦拭冲锋枪,他比从前擦拭得更仔细、更彻底。是啊,它一个冬天都没洗澡了,他想。瞄准镜上确实沾满了尘垢,他边擦边嘀咕道,"这是你的眼睛,怪我疏忽,灰尘都进去了,实在对不起……"全部擦拭完,他又给枪栓抹上油,然后含笑对枪说:"先生,已经给你洗完澡、搽完油,等一会儿就请你吃早饭……"

研究生来的时候,眼睛挂着淡淡的黑眼圈,额头上还有一道细细的指甲挠痕。陆家心领神会,没有多问。看见冲锋枪已大变样,变得干净、乌黑发亮,研究生几乎惊叫了起来:"哇塞,我都认不出这还是昨天那支枪!"

两人一起布好纸靶阵,拔出冷塞管,就准备开枪。陆家意味深长地问研究生:"你吃过早饭了吗?"对方摇摇头:"没有。"陆家看着枪,若有所思地说:"还有一个也没吃早饭。""老师你也没吃吗?那我去给你买点东西来吃。"他一把拽住研究生:"不用了,就要饱了……"

当子弹像一阵风暴扑向纸靶,他听到了枪的说话声:"哎呀,这个澡洗得真舒服啊,前段时间我浑身痒死了,谢谢你……"

"不用谢!早就该洗了,怪我太粗心!"

研究生的思绪还没完全从女友那里收回来,陡然听到陆家说话,惊得学生浑身一震,然后懵懵懂懂地望着陆家,"老师,你在跟我说话吗?""哦,"陆家光朝他笑了笑,马上转移了话题:"刚才打枪的时候,你听到了什么?"研究生望着长长幽深的靶道,木愣愣地说:"枪声,我只听到了枪声。"

陆家无奈地耸耸肩,心想:我大概是唯一能听懂枪声的人,如同它是唯一能听懂人话的枪。为什么会是这样?陆家看出研究生的心思其实不在靶道,他的心就像风筝,被宿舍里的女友远远牵着,恐怕盼着飞快把实验做完,心甘情愿地回去受苦,侍候女友。

研究生装卸纸靶、弹夹的动作,确实比往日快了许多。嘣嘣嘣的枪声,自然比不上女友凑在他耳边的柔情蜜语，他巴不得能从枯燥的枪声里逃走。而他的老师与他完全相反，射击时，老师的身子甚至越过了安全线，竖着耳朵聆听着枪声，仿佛那里面有老师喜欢的巴赫音乐。他当然不知道，刚才打出去的几梭子弹，是怎样震撼了老师。

"你知不知道，我们这些枪的愿望是什么？"

为了不吓着研究生，陆家没有直接回答枪的询问，只是无声地摇了摇头。

"和你们一样，也想活得长寿、健康，能顺畅地说话。可是，我们让人类付出的代价太大了，死了太多的人。"枪声戛然而止。陆家有点儿着急，没等学生动手，自己亲自上前装上弹夹。扣扳机前，他忍不住对着枪嘟哝了一声："你快说！"学生又是一惊，扭回头："要我说什么？老师！"陆家把视线转向学生，微微一笑，打趣道："枪声不就是枪说的话吗？我开个玩笑，叫它快点说。"学生松了一口气："老师真幽默。对呀，今天我们应该快点打。"快点打的念头，立刻令学生亢奋起来。

子弹在纸靶上打出一串花纹似的弹洞，"……我们让太多的人没了长寿、健康、说话的机会，所以，有些枪很自责，处于两难境地。没有战争吧，我们吃不饱，甚至会饿死，有战争吧，又会死太多的人，我

263

们也会因为吃得太饱撑死……"

陆家看出学生继续待在靶道纯粹是受苦,苦苦挂念着女友,他索性宣布给学生放半天假。学生千恩万谢,撒腿就往门外跑,一溜烟就不见了踪影。支走学生,陆家终于能无所顾忌地与枪聊天了。他的思绪还沉浸在枪先前所说的话里,"你们也会有痛苦?"

"是啊,有些枪的痛苦很深。有的想找两全的出路,既不杀人又不挨饿。比如,去科研单位,去射击场等。一旦发生战争,它们中的少数还会选择自杀,战场上一些炸膛、打废的枪,都是这些自杀的兄弟。当然更多的兄弟一辈子待在武器库里,没吃过一顿饭,它们都会慢慢饿死,身体会在十年或二十年中慢慢衰竭。不管怎么说,所有兄弟都羡慕我能进科研单位,不必挨饿,又不必杀人……当然,更多的枪只顾自己填饱肚子,并不在乎杀不杀人这种事……"

枪的话令陆家有了些许安慰,"你现在没有了痛苦,对吧?!"

"刚来的时候的确没有,觉得自己很幸运,因为这是我们枪能找到的最好的出路。但时间一长,我比进来前更痛苦!"

"为什么?"陆家诧异地瞪大了双眼,为了听得更清楚,他把身子尽量倾向枪管。

"我发现，你们给我喂饭，是为了研究如何提高杀伤力，也就是说，我过得越好，你们越能造出高效的杀人枪支，比如，精度更高，射速和弹速更快……"

陆家投向枪管的目光，第一次变得不自然起来。他慢慢地低下头，道歉似的嘀咕道，"我懂，我懂你的意思……"是啊，这是他从未遭遇过的道德难题，居然出现在他无限热爱的事业中。这个难题就像来历不明的雾霾，早已渗入他的身体，直到今天他才陡然发现。即使当年引领他走上这条道路的《福尔摩斯探案记》，也像一口老旧的枯井，再也没办法让他汲取清水，把他的灵魂洗干净。

那天，他和枪聊得很深，全是他学过的逻辑和技术没法触及的伦理问题，一直聊到月光降临，他才想起自己还没吃晚饭。时间过得真快啊，他的双脚几乎被成堆的弹壳掩埋。离开靶道前，他再次给枪"洗了澡"。上完油，他抚摩着枪管说："你晚上睡个好觉吧，今天你够累的，我们明天见！"

他锁上靶道的铁门，仰着脖子，在寂寂的月光下待了一小会儿，仿佛那眼珠一样瞧着他的月斑里，有他苦苦寻觅的一切……

学生揉着一双布满血丝的眼睛，大清早就赶到了靶道。为了报答老师昨日放假的恩典，他打算赶在老师上班前，做完实验前的一切准备工作。布完靶阵，朝枪管插上冷塞管，对完基准，陆家也一脚迈进了靶道。看见学生破天荒的举动，陆家甚为惊讶，笑着打趣道："你女友来了，对我们工作也有帮忙啊，你变勤快了！"

师生俩一边说说笑笑，一边给枪装上弹夹，打开扳机保险前，只剩最后一道程序——再次瞄对基准，然后拔出冷塞管。就在这时，陆家的手机响了起来，"喂，喂，喂……"钢筋水泥的墙壁对手机信号屏蔽得厉害，陆家不得不操起手机奔向靶道外面，穿过铁门时，他回头甩给学生一句话："等一会儿再开枪！"

"喂，是谁啊？"陆家一到户外，信号骤然变得清晰，"……你是杨儿吗？杨儿，是你吗？"

"你打错了吧？你到底找谁呀？"

"杨儿，杨顺天，你是杨儿吗？"

"老奶奶，你打错了！我不是杨顺天。"

手机另一头的老奶奶似乎不打算放弃，"那你是谁呀？是不是杨顺天的朋友？"

陆家急得来回踱步，"老奶奶，我叫陆家，不是杨顺天的朋友！"

"啊？不是啊？……"

"不是的，你打错了……"

他断然的语气，似乎令另一头的老奶奶变得有点辛酸，骤然陷入了沉默。陆家一时不忍心挂掉电话，但又不知该说些什么。就在他和那股辛酸僵持不下的当口，门里蓦地传来了一声低沉冗长的闷响：噗——这声音顿时令他大惊失色，他大叫一声："不好！"立刻挂了电话，一个箭步冲进靶道。他冲进了一团充满硫黄味的烟雾里，这味道强烈刺鼻，令他差点儿把早饭全呕出来。透过烟雾，他看见学生战战兢兢缩在墙角，不停地自责："真糟糕，我忘了拔冷塞管！真糟糕，我忘了拔冷塞管……"

那么硬的枪管，竟隆起了一个大包，活像枪管得了大脖子病，挂着肿大的甲状腺。陆家顾不得气味熏人，惊得张大了嘴巴。他站在枪边发了好一会儿呆，才想起问学生："不是叫你等一会儿再开枪吗？"

不知所措的学生，涨红着脸，结结巴巴地说："我以为……你是怕我……心不静就开枪……可，可我觉得自己的心很静，所以就……"

"静到都忘了拔冷塞管？"陆家面露愠色，忍不住揶揄了一句。

膨胀的枪管没有爆炸，真是不幸中的万幸！不然它爆炸的威力,不会比一枚手榴弹小,如果那样,学生肯定已经倒在血泊中。待烟雾慢慢散去,陆家开始仔细勘查现场。他发现冷塞管和枪管之间有个小孔,枪管中的大部分气体是从小孔泄出的。无疑是这个小孔救了学生的命。当他看见扳机处于连发位置,又陷入了沉思,甚至百思不解。小孔也许能排出单发子弹的爆炸气体,但如果连续发射,小孔显然来不及排出那么多的气体,必然会发生爆炸。事实却是枪管并没有爆炸。为什么?当他拉开枪栓,似乎找到了答案,原来第二发子弹卡壳了,枪栓才是学生的救命恩人。可是他转念一想,又觉得不可思议。这支枪来到靶道已经有三年,从未卡过壳,唯一一次卡壳竟救下一条人命。陆家觉得脑袋乱哄哄,感觉有数不清的想法正在他脑子里打架。当他小心卸下枪里的所有子弹,他那慢腾腾转动的脑子,才开始有了新的答案。

昨晚和枪谈心谈到最后,枪冷不丁说了一个想法:"我想自杀,这是最两全其美的解决办法,因为我已经不贪恋长寿。只是我在等机会,我希望我的自杀能对人有点用……"

"等什么机会?"陆家迫不及待地问道。

"我也不知道,但我相信会等到的……"

"你自己都不知道,怎么会知道机会什么时候到呢?"

"说起来是有点玄,但到时我确实就知道。"

陆家叹了一口气,"你毕竟是一支枪,思维还是偏感性,如果整支枪就是你脑子的构造,显然不如人脑精细,所以,我还是劝你听听我的劝告,放弃自杀的念头吧,我已经把你当作好兄弟,好歹我们一起相守,共同度过余生吧……"

陆家的话令枪伤感了一会儿,不过他的语气很快就变得坚定起来:"正因为我们是好兄弟,所以,有一天我会选择自杀。"

"为什么?"

陆家连续打了两梭子弹,但枪说出来的都是同样的话:"就因为我们是好兄弟,所以,有一天我会选择自杀。"

陆家用手摸摸枪管,发觉它已经烫得能灼伤皮肤,于是,他给枪"洗澡"前,说了昨晚最后的话:"你发烧了,难怪尽说胡话。我还是给你洗个澡,解解乏吧,今晚你早点睡!"……

陆家一拍脑袋,大叫一声,恍然大悟。是啊,我怎么忘了昨晚它说的话呢?原来这就是它说的机会,它用自杀拯救了学生的性命啊!一直蜷缩在墙角的学生,连忙上前来搀扶陆家,以为老师又犯了偏头痛的毛病。陆家顺手一把拽住他说："来，你要好好感谢这支枪，是它救了你的命，要是炸了膛，你恐怕就见不到女友了……"

于是，师生二人念念有词，真心实意朝枪连鞠了几个躬，接下来，按照处理事故的惯常程序，保留现场，分别给系主任和院长打去电话。学校立刻派人来勘查现场，事过不久，分别对陆家和学生进行了处分，处分分别记入了个人档案。陆家并不把处分放在心上，他最在乎这支报废的枪能不能留在他手上。经过一番苦苦交涉，国资科总算把这支枪从花名册上除了名，将废枪交给陆家处置。

重新领到废枪的那天，陆家用铁锹在靶道边的山丘，刨出一个深坑，把刚刚"洗过澡"的废枪，用三层油纸包裹，葬进了坑底。不久，他花钱找石匠打制了一块花岗岩石碑，庄重地立于土坑之上。石碑上的宋体刻字勾填着耀眼的红漆，上面写道：

这里葬着一位有良知的枪。

©2020年1月13日

阅读障碍

一

老温的手又大又粗，隆起的指关节和厚厚的手掌，充满握斧子、拧扳手需要的那种力量。没有人知道他心里最在乎书。他常为书忙得不可开交，觉得如果要给书献一份礼物，最好的礼物莫过于书架。从他决定自己做书架，到把父亲遗留的书全部上架，整整忙了一年。做书架是他读书计划的一部分，他想给自己创造一个克服阅读障碍的新环境。

把书都安顿到书架上的那天，他设法庆贺了一番。他给自己做了一盘三文鱼刺身，取出一瓶搁了十年的茅台酒，斟满一杯，对着满书架的书，心里念经似的，道出了心愿：恳请各位大师不吝赐教，为愚徒指路！

他一直不明白，别人喝酒是越喝越困，他从来都是越喝越兴奋。有人猜测他之所以从未醉过，可能体内有东亚人没有的解酒酶。当他把盘中餐一扫而光，酒足饭饱，觉得自己的精神像从蒸汽火车冒出的蒸汽，要直冲云霄了。他认定此时万事俱备，已攀上巅峰的兴奋，正适合用来对付阅读障碍。他来到书架前，像将军检阅部队那样，从一头徐徐走到另一头。好家伙！父亲遗留的书，足足摆满了十一个书架。他给自己将要买的书，也预留了一个书架，准备摆些与众不同的书。

他对父亲留下的书，心存敬意。光看书名，都是他也喜欢的。兴许对人世感到迷惑不解，父亲把全部热情投入了历史书。早有口碑的全套《史记》《汉书》《后汉书》《资治通鉴》《二十四史》等，占据了书架最显眼的位置。老温过去总忍不住用那双大手，去翻动它们。他为读《资治通鉴》，做过数次努力，均以失败告终。每次把书捧在手上一动不动看封面时，他最为激动。"资治通鉴"四个大字，把他的心撩拨得厉害，光是司马光的传说，就让他对司马光的书充满神往。翻到目录页，他感到略微眼花缭乱，那些字像窗外河堤上的山桃草,他呼出的气像风,仿佛正把它们吹得左摇右荡。他设法让眼睛盯着第一卷的第一页,看完第一页,待目光转到第二页,他诧异地发现,自己已不记得第一页说了什么。读第二页时,他已做不到逐行阅读了,目光变成了跳远运动员,恨不能一次多跳过几行。他感到了沮丧,一目数行令他完全看不懂内容,不等目光扫完第二页,理解力已溃不成军,他只好难过地把书合上。每次等不到读第三页,他就开始打哈欠,睡意如猛虎扑来。父亲还留下了一套白话版的《资治通鉴》,为了避免重蹈覆辙,老温曾尝试从第二本读起。他要把读第一本的未竟之志,放到第二本上碰碰运气。第二本是《资治通鉴》第十三卷到第二十七卷的内容,从汉高后元年讲起。待他看完第十三卷的第一页,脑中只剩下了"元年"两个字。他沮丧地开始用目光在第二页上跳跃,待他强撑着用目光扫完,他几乎坠入了梦乡……

老温喝过酒的脑袋,像淋过雨一般清醒,他巡视着书架上的书脊,当目光触到蔡东藩的全套历史演义书,他会心地笑了。是啊,他常听父亲议论蔡东藩的书,说切不可被书名中的"演义"二字误导,蔡先生向来不虚构历史,务求事实确凿,唯语通俗,用小说体写史而已。老温把父亲最后一句话听进了心里,他对小说的魅力坚信不疑,暗暗把这套书留作克服阅读障碍的突破口。他知道,经过无数次阅读尝试的失败,他需要一个重整旗鼓的时机。

现在,他看见这个时机正向他招手。他随手从蔡东藩的书中抽出了一本,是《两晋演义》。他不打算在沙发上坐下来,他相信站着更有利于保持清醒。《两晋演义》前两页讲的是杂胡乱华的概况,比较空泛,用不着刻意记什么,他竟有所突破,哪怕磕磕绊绊,好歹进入了第三页的阅读。第三页开始讲魏主曹髦,因"司马昭之心,路人皆知",决定亲自讨昭,哪想路遇贾充带数百人,来阻挡曹髦乘坐的车子,贾充即将寡不敌众时,恰逢成济带兵路过,成济问为何事相争?贾充厉声道:司马公豢养汝等,正为今日,何必多问!成济听罢,立刻手起戈落,将曹髦刺死在车中。老温觉得这段历史比小说还惊心,看来历史助他顺利进入了第四页。读到司马昭召集群臣商议后事,陈秦提议杀贾充,向天下人谢罪,没想到司马昭却嫁祸成济,将成济斩首,且灭他三族。天晓得,这么惊心动魄的历史,为何蓦地让老温打起盹儿来。他无法保持直立,身子已经倚向书架,脑海里飘浮着成济的形象,不知不觉进入了梦乡……

几声打鼾引发的腭垂振动，惊醒了他。他发现自己靠在书架上，双手仍保持着刚才的姿势，捧着《两晋演义》。他庆幸自己是在家里，不是在书店或图书馆。正是因为有这样的懊恼，他一般不去书店或图书馆，生怕自己翻书时会像刚才那样睡着，丢人现眼。这也是他不去书店买书的缘故，宁可守着父亲的那些繁体字旧版书。

没过多久，老温又郑重其事试了一次。他在书架前踌躇半晌，慎重抽出了一本《清史演义》。读前三页跟上次一样，虽然磕磕绊绊，但还算顺利。转入第四页，哪怕他竭力保持自己的意识，明明看起来是书房的屋里，却出现了松软的沙漠。他忍不住试着走上沙漠，脚刚踩上沙子，却发现沙子下面是空的，他一脚踏空，扑倒在地。醒来，发现自己趴在地上，书已被甩出老远。他把书捡回来时，看见封面撕开一道大口子，弧形的，几乎横贯封面。这道口子分明也撕在他的心上，隐隐作痛。他放心不下，立刻忙碌起来。

他很少再做裱糊的活儿，可是工具材料却一应俱全。比如，他觉得自己需要常备糨糊，就定期用面粉、糖、醋、水熬制一种适合做纸艺的糨糊。他打开冰箱，取出一瓶糨糊，用剪刀从白纸上，剪下比口子稍长的纸条，用粗大的指头蘸满糨糊，再往纸条上涂抹。他心细手敏,在别人手里不易驾驭的弧形纸条,张牙舞爪的口子,却对他的粗大手指言听计从。口子两边的封面,又严丝合缝地合为一体。若不留意,根本看不出封面曾经撕开过。只是,当他用指头蘸着冰冷的糨糊,那些早已消失的冻伤记忆,等不及地从深藏的指骨里,一下蹿了出来,令他有几分恍惚。他坐在桌边,开始坐立不安,仿佛又置身在小时候糊火柴盒的某个冬天。

二

他从上小学开始,放学回到家里,二话不说,就得跟哥哥、弟弟一起糊火柴盒的内盒。三人组成一个小流水线,分别完成糊内盒的三道工序。他做第一道工序"打条":将纸条摆好,涂刷糨糊,再将小木条沾在标出的位置,取下,交给弟弟做第二道工序"圈盒"。弟弟用左手拿着沾好纸的木条,右手沿木条捋纸条窄边,将木条对准,圈起弄成盒状,再交给哥哥做最后一道工序"封底"。哥哥把圈成形的内盒套在模上,模上已放好一块木底片,哥哥用双手把蘸着糨糊的纸边按下,粘牢木底,再将两端纸边按下,按实粘牢,糊内盒的三道工序就算完成了。

老温最怕冬天糊火柴盒，屋里冷得跟户外差不离。母亲想出一个法子，来缓解三兄弟身上的彻骨之寒。她倒一盆热水，搁在桌肚下面，让三兄弟把脚都伸进盆里温着。要干活儿的手，就没这福气了，还得去蘸冰一样冷的糨糊。本来老温的手匀称，手指修长，很适合弹钢琴，可是命运让这双手找到的不是艺术，而是让手越变越粗的活儿。经过无数次的冻伤，老温的指关节已凸成疙瘩模样，像糖葫芦一样串在手指上。一到数九隆冬，他的手就红肿得像肉包子，冻疮如甲虫爬满手背。红肿的手指，一旦蘸上冰似的糨糊，如受酷刑。老温的手指常冷得失去知觉，不觉得那是手指，倒像冻在他手上的几根冰凌。

屋里是争分夺秒的气氛，得尽快完成每天糊一千个火柴盒的任务。当时，糊一万个火柴盒，能挣七元。母亲给三兄弟规定的任务是，每月务必糊三万个火柴盒。自从父亲被人陷害，判刑入狱，没有工作的母亲，只剩这个法子来让一家人勉强度日。老温起先还想兼顾学业，盼着早点糊完，去做老师布置的家庭作业。可是糊火柴盒的活儿，很快露出了它的专横，糊完一千个火柴盒要四五个小时，没等糊完他已筋疲力尽，头跟鸡啄米似的，屡屡犯困。每天完工，他只剩爬上床的力气，那点力气只够他去梦里做家庭作业。

老温的学业随之陷入困境，无暇练习，不仅令他听的课在脑中一片模糊，而且理解力也溜之大吉。这个局促不安的孩子，虽然心有不甘，仍不得不做出一个重大决定：课文内容可以一概不顾，但他必须认得字。认字，对其他孩子轻而易举，对老温却尤为艰难，他只能用上课时间来记住那些字。上学或放学路上，他总是让眼睛留意街上那些标语、牌匾、门头等，那些硕大的字，常让他在犹豫之中，蓦地爆发出惊喜：他又认出了课本中的几个字！后来，他想把糊火柴盒的时间也利用起来，就把旧报纸铺在桌上，边涂糨糊边认报纸上的字。每过一阵子，觉得那张报纸不新鲜了，就换一张新报纸铺上。

多亏那时的课本没什么像样的内容，学校又不看重考试，他总算混到中学毕业，分配到纺织厂当工人。说实在的，读书这十年，他只全力做了两件事：糊火柴盒和认字。他真比班上那些时间宽裕的同学，认的字还要多。多亏了有父亲的那些旧版书，他除了认简体字，也认繁体字。说来神奇，光凭繁体字的字形，他就能轻易看出对应的简体字。只是这套认字法，给他留下了一个遗憾，他只会认繁体字，却不会写。光凭图形认字这件事，让他意识到自己可能有图像方面的天赋，他暗暗记在了心上。他是纺织厂的保全工，工作琐碎繁杂，一切会使生产出岔子的水电机械等问题，都是保全工该解决的，他要保全每道生产工序不出问题。一天下来，筋疲力尽的程度，比糊火柴盒好不了多少。

一天傍晚，他下班骑车回家，尽管筋疲力尽，还是没法克制小时候养成的习惯：喜欢盯着路上一切有字的东西看。路过一家单位的墙报时，他只扫了一眼，就不由自主地刹住了车子，墙上有《南京日报》！谁也不知，那么爱认字的他，因为糊了十年火柴盒，早已落下阅读障碍。任何书，他只能读完第一页，读到第二页就昏昏欲睡。唯一的例外是读报纸，他可能在心理上把报纸，永远看作书的第一页。

他扫视着各篇文章的标题，突然发现报纸一角，有一则豆腐块似的南艺夜大招生公告。他死死盯着那个豆腐块，觉得这则公告事关自己的未来。他虽然记性很好，但为了万无一失，还是把公告里的单位、招生关键内容，默记了十来遍，直到觉得完全灌进了脑子，才依依不舍地离去……

三

糊完封面的第二天下午，老温直挺挺坐在二楼工作间,像往常那样,按部就班,继续创作钢笔点画。老温刚退休一年,可能因为长期过着极其自律的生活,所以他看上去比实际年龄要小十来岁。他一边用钢笔朝画布上点着墨点,一边不时扫一眼电脑屏幕上的照片。与看书截然不同,只要是看图像,他可以五六个小时盯着图像,没有一丝倦意。他并不想成为一名画家,却坚持画钢笔点画,画了三十多年。他很感激钢笔点画代替文字,把一切心里想说的话,都化作钢笔墨点说了出来。只有他知道,那些墨点不再是墨点,而是图像的寓言。

三十多年前,那张《南京日报》让他抓住机会,考上了南艺夜大工艺系产品设计专业。有个日本老师讲黑白用器画时,讲到了钢笔点画。他第一次接触钢笔点画,就爱上了,再也不肯释手。三十多年来,他不曾违背学点画的初衷,从来没有偏离写实的形象。一些朋友不知内情,老是劝他画点抽象画,他一概装作没听见。谁人能知,自从他有了阅读障碍,图像是他唯一能依靠的精神拐杖。

父亲遭诬陷入狱后,再艰辛的生活也没让他哭过,更没有疯掉,他自认是认字和看小人书救了他。他央求母亲给他买过两本小人书,以此作为换书的资本,几乎换遍了他认识的所有学生。小人书成了他唯一能读下去的书。说来神奇,每当他读小人书上的文字,读得稍皱眉头,眼皮稍有要垂下的倦意,他只需把目光投向小人书上的白描画,那些画就像战鼓,立刻擂得他精神抖擞,双眼圆瞪,再无倦意。这样一来,小人书上的那些白描画,就像一个孩子戒不掉的奶嘴,哪怕有一天成人了,仍忍不住偷偷含在嘴里。上中学以后,没人相信他衣兜里仍藏着小人书。上课时,他常借口肚子不好,溜去蹲厕。难以置信,那是他一天中最享受的时光。他掏出小人书,一幅接一幅的白描画,让他有了无限耐心,让他宁可在臭气熏天中,一直待到下课铃打响。中学期间,他没法再用小人书去换小人书,就索性一遍又一遍地看仅有的几本。时间一长,他倒看出了一些线描的技法,便开始用铅笔试着去临摹。没想到,他自己都惊呆了,他画得还真有些传神。可能那些线条被他温习了千百次,已悄悄流淌在血液里,就等着铅笔来唤醒,令它们在纸上复活。有一天,放学回到家里,他兴冲冲地向家人展示了上课画的铅笔画,母亲看得直摇头,忧心忡忡地嘟哝:将来靠这个可吃不了饭哪。哥哥和弟弟却又惊又喜,扯着嗓子嚷嚷:哇噻,你是个艺术家耶!他兴奋得不知所措,却竭力镇定地说:其实这也没啥了不起。哥哥和弟弟的由衷称赞,让他忽然明白,等将来有一天上班了,他业余该做什么——应该画画!

老温看着电脑屏幕里的男人照片,心里开始有异样的感觉。这幅男人钢笔点画,他已画了两周。按照惯例,他用这幅画迂回表达的是父亲。照片上的男人完全不像父亲,倒像他想象中父亲应该有的样子:大胡子,双眼充满怒气,像摩西一样,已把智慧和强力合为一体。生活中的父亲,完全是另一副样子:瘦削,没有胡子,走起路来摇摇晃晃。不过,他心里清楚,光父亲心里的那种骨气,就当得起用摩西一样的人物来表达。今天,他打算把画像的面容再修饰一番,当他修饰到男人的眼睛时,蓦地有点自持不住。男人双眼里的怒气,让他对父亲的愤愤不平,感同身受。这么多年来,父亲受冤的事,就像地窖里的旧物,他故意盖上地窖的盖子,不去触碰它。时间一长,他竟有遗忘的平和感。没想到,那些款款点在眼睛上的墨点,蓦地失控,变成了他眼里的泪珠,令他大吃一惊。

泪水在男人的世界,是不受欢迎的。自从他有了糊火柴盒的生涯,他就命令自己要成为比父亲强大的男人,避免遭受父亲那样的不公。他真成了自己想要的样子:络腮胡、双手粗大、肌肉男,双眼圆瞪时,眼里有审视人的严峻。他以为大功告成了,可以一辈子不哭，永远保持男人范儿。没想到，那些不经意点出的墨点，会把他拖入内心最隐秘的柔软地带。他突然放下钢笔，痛哭起来。断流了几十年的泪水，原来都积在心里的某处，这会儿趁着决堤都涌了出来。

他发现，哭真比不哭要好，哭完，浑身的任脉都通了。他两眼直视着画，觉得这倒是掀开地窖盖子的好时机。他起身走向楼梯，还没到三楼的储藏间，已闻到一股灰尘的气味。有一只檀木箱，跟着他的时间最长，却用得最少，里面有父母的物什，他打开的次数屈指可数。此刻，灰尘像一袭白婚纱，浪漫地罩着檀木箱，仿佛在弥补母亲结婚时没有婚纱可穿的缺憾。他从箱底翻出了父亲年轻时的照片，父亲长得瘦削，穿着翻领白衬衣，却精神抖擞，眼神咄咄逼人。照片背面写着"南京，1962年"的字样。那也是老温出生的年份，再过十年，父亲就遭人暗算，锒铛入狱。

四

父亲原是南京某工厂的副厂长，人称温伯，为人正直，从不以权谋私。1972年应上级进驻学校的要求，赴一所乡村中学当工宣队指导员。他一向信任学校的老师，和他们成了朋友。有个男老师叫张郎，教政治课，与温伯走得很近，常隔三岔五找温伯聊天。有时还拉着温伯去镇上唯一的饭馆，喝一碗肉片汤。在肉很稀缺的年代，肉片汤已算打牙祭的佳肴。等两人已无话不谈了，有一天，张郎神神秘秘来找温伯，说有要事找他，拉他去河堤上走走。温伯那天胃有些不舒服，还是忍着难受，跟张郎去了河堤。

来到堤上，张郎向身后看了看，见没人，才开了腔。说自己从小的梦想，就是进城当工人。一想到工人，就有神圣的感觉，那才是当家做主的工作。可眼下他不但屈就乡下，还只能当"臭老九"。表面上学生称他为老师，心里指不定有多鄙视他呢。他兜了一圈，总算把话引到了关键处，他开始恳求温伯，"我想来想去，只有你能帮我跳出农门，实现梦想，你是我前世修来的贵人，我俩一见如故，也是前世修来的缘分。我知道，招人进手表厂，对你只是举手之劳，还请温伯看在朋友的份上，务必帮这个忙……要是将来进了手表厂，我一定为你做牛做马……"

张郎的一番表白和恳求，把温伯弄得十分尴尬，温伯不得不把眼睛闭上，好好想一会儿。一定是什么地方出了差错，让他对张郎的友情产生了误判。对了，他想起来了，张郎是学校业余话剧团的演员，有演戏的天分。张郎笑起来会让人觉得，那笑纹里的真诚仿佛会延绵一生。温伯就是被张郎第一面的真诚打动的，加上张郎握手有劲，给温伯留下了好感。他记得和老师们握了一圈，只有张郎的手有握力，其他老师的手都软绵绵的，要么就蜻蜓点水，触碰一下就缩回去，给人饿了一天没力气或没有诚意的感觉。温伯想到这里有点后怕，莫非从张郎下力握手的那一刻起，之后的一切交往，都是张郎为达成"河堤谈话"进行的事先铺垫？

温伯花了很大心力，才从张郎营造的氛围中挣脱出来。有一刻，他几乎接受了张郎希望他扮演的角色——贵人，帮助张郎从"农"字打头的人，升格为工人阶级的一员。温伯甚至想，把乡村教师张郎招进厂里，也算得上是给厂里做贡献，毕竟那年头的工人，知道勾股定理已算有文化。他直视着河水，心里承受着折磨，一方是已经建立的友情，另一方是他视为立身之本的做人原则，双方在他心里鏖战了十多个回合，末了他惊讶地发现，若无做人的原则，自己死的念头都有，他实在不愿活成没有原则的行尸走肉。

"我们的关系再好，厂里的事还是得公事公办，我不能走后门把你弄进厂里。"

温伯的话一出口，张郎的表情就变了形，那一直微笑的脸，不由得抽搐了一下，他不敢相信地瞪大眼睛，有点结巴地嘀咕道："怎么……你……你一点忙都……都不肯帮吗？"

温伯边走边垂眼皮看着地面，咬咬牙说："违背原则的忙，我不能帮！"

张郎有点不高兴了，"我倒想知道，把我弄进厂里，究竟违背哪条原则？"

温伯酝酿了一下该怎么说，"我虽然管人事，但做事正派才能服众，现在厂里不缺人，每年只招老职工的孩子进厂，算是照顾。我把你从大老远的乡下弄进厂里，手表厂还不开了锅？我以后还怎么服众？再说，我也不允许自己这么干。"

"你就放自己一马嘛，下不为例，看在朋友的份上，只此一次，行不行？"张郎眼巴巴地看着温伯，样子都有点可怜了。

"不行！"温伯声音不大，却不容商量。张郎如同被温伯打了一拳，不由得朝前踉跄了几步。张郎扭头盯着温伯，看了好长时间，好像已经不认识温伯了。他竭力压着心里的恼怒，再次试探性地问温伯："你总不能眼睁睁看朋友烂在这里，对吧？请你看在朋友的份上，务必帮这个忙，好吗？"

温伯几乎没有停顿，先把头向上扬了扬，马

上摇起头来，直摇得两腮从嘴里挤出一连串"不不不……"

张郎感到了绝望，怒火冲口而出："老温你他妈真没良心，老子光请你吃饭就请了无数次，你真没劲……"话没说完，他就冲下了河堤，一溜烟消失在林荫道里。

温伯看着张郎消失的地方，早已忘了胃疼。他站在堤上思量了好久，最终认定自己没错！

过了一天，温伯心里已经有谱儿了，他打算请张郎吃一次大餐，一来还以前张郎请肉片汤的人情，二来缓解两人的紧张关系。温伯找到张郎，张郎劈头就问："吃完饭，还帮我忙吗？""不行！""那我就不吃这个屌饭了！"说罢，扬长而去。

又一天的午休时间，没想到张郎跑来找温伯，张郎没再谈帮忙的事，只问温伯如果请吃饭，他能否叫几个朋友。温伯心里倒真高兴，高兴这顿饭能大大改善两人的关系，"当然可以，你多叫几个朋友吧！"

下了班，温伯到达约定的饭馆时，张郎已和二男一女直挺挺坐在桌边等他。他注意到有个男的肩上挎着一架海鸥牌相机。他的第一反应是，张郎想让这次吃饭的人，一起合影留念。张郎真这么做了，等菜上来还没开吃，张郎就提议合影。拍照片时，张郎把那女的推到温伯跟前，介绍说是他的学生，刚工作不久，请温伯多多指导。温伯发现那女的还是个姑娘，十八九岁，紧张得双手攥着拳头。酒过三巡，温伯开始头晕目眩，感觉他们喝的当地老白干后劲十足。张郎和三个朋友斟满酒杯，一轮又一轮起身来给温伯敬酒。温伯只记得最后的一幕，那姑娘和他碰完杯，站着等他先喝，他一仰脖子喝完，还没看清那姑娘喝了没有，就双腿一软，眼前一黑，倒在桌上睡着了……

当他被一阵吵闹声惊醒，发现自己已经躺在床上，有一屋子的人围着看他。他和衣卧在床上，却露着腚，外裤内裤已经褪到膝盖处。那姑娘低头坐在床沿，双手捂着凌乱的上衣，泪水涟涟。

张郎一伙把温伯扭送到派出所时，温伯已百口莫辩。公安拿着张郎赶洗出来的相片，只问温伯，相片里的男子是否是他？他看着相片，心情不能平静，只见自己露着腚，趴在姑娘身上，手已经伸进姑娘的上衣里，上衣纽扣还被扯掉了几颗。他大喊冤枉，说这是张郎设的圈套，故意陷害他，他什么也没做。公安冷冷地看着他，语气不容置疑，"我只认物证，这张照片就是物证！"

那年头,他的种种申辩,都敌不过那张陷害他的照片。他被判定强奸罪,服刑七年。

五

几天过去,老温心里还在隐隐作痛,他决定暂时不碰父亲的书,但心里还是牵挂着那个阅读障碍。还有别的办法吗?他看着那个预留的空书架,觉得找一些别样的新书,说不定也是解决之道。可是去书店大海捞针,对他来说是难上加难的事,他怕是还没找到想要的书,就坠入了梦乡。

一天下午,彬彬和黄梵夫妇相约去牛首山河河堤散步,路过老温家时,林彬酒瘾犯了,就带黄梵夫妇径直闯入老温家。门厅墙上挂满的木工工具,引起了黄梵的注意。他发现,工具下方的一排橱柜,每个抽屉和门上都贴着标签,注明里面是什么物品。萧澜是天生的女主人,热情地邀请林彬和这对陌生的闯入者,进门喝咖啡。席间,萧澜聊到了老温的身世和他的阅读障碍,黄梵扭头问老温,他看橱柜上的那些标签,也会头昏吗?老温以他惯有的沉稳,认真想了一会儿,摇摇头说:"不会。"

黄梵似乎有点兴奋,继续问老温:"你买东西看价格清单,是不是也不会头昏?"老温又让问题入了心,似乎困难地排除杂念,蓦地发现了真相:"咦,还别说,真是这样!以前在纺织厂当保全工,我看表格、清单、说明书甚至薄本的工具书,都没有问题。我最怕的就是书里的概念,还有因果、逻辑关系。反正我看见物品或物品名称就兴奋。"

问完,黄梵心里有底了,他建议老温找梁锋的长诗《工具诗》来看,说里面有大量清单,文学作品兼有工具书的属性,非《工具诗》莫属。

老温还像往常那样,与林彬喝酒喝到六分醉。客人走后,他坐到画室的扶手椅上,看着他一直摹画的男人肖像,不再感伤了。男人肖像在他眼里变了形,成了他并不认识的梁锋。不知过了多久,他觉得天亮了,就来到客厅里。他惊诧地发现,长条桌上居然有一本《工具诗》,莫非是黄梵悄悄留给他的?他一把将书抓在手上,几乎夺门而出。腕上的手表显示,已到了清晨出门散步的时间。他沿河堤走完一小时,不顾有点疲惫,在河堤上的长椅上坐下来,打开了书。

真的很神奇,不只书里大部分内容是清单,他还破天荒可以一直往下读,刚开始,那些列着铅笔、练习本、钉子、火柴盒等物品的长长清单,与他过去看的工厂清单没什么不同,可是读着读着,当他意识到这是诗人写的诗,这么多物品的名称,就渐渐合成一个想朝他说话的整体,他无法确定它想说什么,但分明感到它要说的不是物品本身,仿佛有很多别的意味可以说,这令他着迷不已。莫非他歪打正着,闯入了"看山不是山"的境界?他想,以前他读不进去的那些历史书,缺的正是这样的入口,他居然在一本诗中找到了。这么说,是诗帮他克服了阅读障碍?他简直喜形于色,至少他有了一本可以不让他入睡的文学书。

读着读着,他坐不住了,迫不及待想把好消息告诉萧澜,就起身疾步往家里走。到了家门口,才发现没带钥匙。他用力敲门,屋里没有回应,就敞开嗓子朝门里喊,"萧澜,萧澜……"最后一嗓子总算有效果,他听见萧澜大声问他:"老温,你怎么啦?老温,你怎么啦?"醒来,他发现自己还坐在扶手椅上,萧澜正在摇他的手臂。他羞愧难当,没有说话,见窗外已经大亮,就嘀咕说出去散步,轻手轻脚地下了楼。

他来到河堤上才真正清醒。河水的涟漪像玻璃碎碴闪闪发亮,清晨的空气是他心里最妙的作品,他能感受到它的美、清新、纯粹,甚至它穿过鼻腔的喃喃低语,但他永远看不见它,它永远保有神秘。他破天荒先在长椅上坐下来，打算坐到心定，再起身散步。现在，他只能想象梁锋的《工具诗》，竭力回想梦里读过的那本书,他想逐一触摸涌动在书里的那么多意味。

◎ 2022年7月4日初稿

◎ 2022年8月2日二稿

◎ 2024年4月25日三稿

后记

黄梵

1979年,《外国文艺》《世界文学》出现了博尔赫斯和卡夫卡的名字,命运做了特别的安排,让我成为被迷住的首批读者之一。那时,我的阅读还没有被要当作家的念头控制,仍心心念念想当天文学家,这样就没有被"现代派""后现代派"等标签迷惑,也就有了始终从人去理解一切窘境、困境的小说常识。到1996年夏天写出第一篇完整小说前,我已有十七年日臻完备的现代小说阅读史,也度过了十三年写诗的语言磨砺期。1997年写出第一批我愿意投稿的小说,陆续得到韩东等友人的肯定和推荐,同时宗仁发、何锐、李敬泽、贾梦玮等对我的小说也大开绿灯。正是他们的不弃,才让我有信心在诗歌眼光之外,还选择小说眼光,与越来越复杂的时代和人生境遇伴行。

如果按影响我的时间顺序,博尔赫斯、卡夫卡、鲁尔福、巴别尔、契弗,他们先后定义了我眼中的短篇小说。让我意识到,短篇小说是一种特殊形式,特殊到与中篇和长篇，似乎不是同一个族类，它有类似诗的智慧。比如，短篇小说可以不被讲故事的冲动左右，历史也可以用意象的方式来展示。时代和环境可以压缩进个人的某些时刻，让那些缠绕人的意象场景，悄无声息地完成启示。说短篇小说具有类似意象的功能，是指它可以把大量未说的言辞、情节、故事，压缩进一些意象场景，来完成触人心弦的启示。作者写时的收，即用意象场景对满腹言辞、情节、故事的收纳，是为了达成读者读时的放，即读到意象场景后的无尽释放。很庆幸，我写小说前已有十数年的自我诗歌教育，让我写短篇之初，就领会到短篇小说的特殊性，领会到这一收一放的背后，依然是悖论的人性。

当代中国小说家的野心，皆堆积在中篇和长篇上。我也未能免俗，二十年来费时耗力，写了四部长篇，令友人傅元峰、李心释着急不已，不时催促我，把全部精力投到短篇小说和短诗上，认定那才是我的优势。我承认，我是一个喜欢在不同体裁中漂流的人，大概性情所致，很难用理性把自己锁住，做一个只专注一门手艺的杰出匠人。当然，我也知道友人的提醒，正确无误，短篇小说确是我小说中，成熟度最高的。2014年底，我受邀去美国弗蒙特国际写作中心，参加有十三国作家参与的驻留计划，其中有数位短篇小说家，给我留下极深印象。他们眼中只有短篇小说，并做好孤寂地走完这条道的准备。他们对短篇小说的体验，就如同诗人对诗的体验一样，都认同它有一条清晰的边界，把它与中长篇、诗、散文等区别开来。

我对短篇小说形式的理解，与对短诗形式的理解一样，皆认为它是直觉结构的体现，字数的多少不取决理性的设定，而取决内容何时抵达可以"无尽释放"的临界点。这样就容易理解，为何结尾写作法会成为爱伦坡的发现，当我十数年前重新发现这一真相，实则是对已有人性的证实。"临界点"在短篇小说和短诗中，有着一样的刹车功能，只要它出现了，添加再精彩的表达也是多余。这是为何我的短篇小说一般不会超过一万字，数千字的长度，恰是直觉产生不重复结构的长度。再长，没有理性的强力介入，结构难免会沦为单调性的重复，或对内容的勉力延拓。契柯夫中篇的缺憾，即是例证。这也是我读海明威《太阳照常升起》的感觉，这位短篇王仍靠驾驭短篇的直觉，来驾驭长篇，结构性的重复和对内容的勉力延拓，便成为他长篇的局限。直到海明威晚年写出《老人与海》，结构性的重复因较量对象的数次改变，意外获得救赎。毕飞宇近年提出短篇小说的"八千字理论"，认为八千字是短篇小说的最佳长度。我想，这会让短篇小说的边界和临界点，变得更清晰，更易于被人看见。

记得多年前有同行对我的短篇小说感到迷惑，曾问我想传达什么，我的回答也简单：宿命。只是，这笼罩性的宿命不由个人造就，但个人与宿命的关系，又决定个人的本质。当个人试图与宿命角力，一切现代性的困境，便在小说中释放出来。我在人生的不同阶段，分别以不同的短篇来释放这些困境。比如，有的是个体学术与战争宿命的角力，有的是个体伟业与整体渺小宿命的角力，有的是人性的普遍障碍与个体不甘的角力，等等。我并未用小说来关注这些困境的彻底解决，宁愿让人感到迷惑不解。毕竟人遭遇的困境，比人以为有的能力要神秘、高深，这大概是我无法用小说回答的真正原因。

2024年7月29日写于南京江宁

图书在版编目（CIP）数据

阅读障碍 / 黄梵著. -- 北京：中国工人出版社，2024.7. -- ISBN 978-7-5008-8486-6

Ⅰ.I247

中国国家版本馆CIP数据核字第202464P0Y8号

阅读障碍

出 版 人	董 宽
责任编辑	宋 杨 李 骁
责任校对	张 彦
责任印制	黄 丽
出版发行	中国工人出版社
地　　址	北京市东城区鼓楼外大街45号　邮编：100120
网　　址	http://www.wp-china.com
电　　话	（010）62005043（总编室）
	（010）62005039（印制管理中心）
	（010）62379038（社科文艺分社）
发行热线	（010）82029051　62383056
经　　销	各地书店
印　　刷	天津中印联印务有限公司
开　　本	787毫米×1092毫米　1/32
印　　张	9.625
字　　数	110千字
版　　次	2024年10月第1版　2024年10月第1次印刷
定　　价	48.00元

本书如有破损、缺页、装订错误，请与本社印制管理中心联系更换
版权所有　侵权必究